私の上に浮かぶ『悪役令嬢（破滅する）』って何でしょうか？

ひとまる

B's-LOG BUNKO
ビーズログ文庫

イラスト／マトリ

Contents

Character
攻略対象
第二王子
（ちょろい）
悪役令嬢
（破滅する）
シルヴィール
ナイル王国の第二王子。
常に完璧な笑顔を
見せている彼だけど……？
ルイーゼ・ジュノバン
伯爵令嬢。
なぜか物心ついた時から、
人の頭の上に不思議な
文字が見える。
私の上に浮かぶ『悪役令嬢（破滅する）』って何でしょうか？

シルヴィールの側近

攻略対象
公爵家嫡男
（蜂蜜大好き）

ジョルゼ・
リーデハット

攻略対象
宰相の息子
（変態）

ルシフォル・
エルナーデ

攻略対象
騎士団長の息子
（猫耳に弱い）

ダルク・
メルディス

主人公（あざといヒロイン）

ピクセル・ルノー

男爵令嬢。ルイーゼ曰く『変態物語』を
繰り広げている……？

？？？？？

ルーク

プロローグ

「ねえねえ、お父さま、『にょーさんち』ってなんですか？」

私、ルイーゼ・ジュノバン伯爵令嬢《はくしゃくれいじょう》には物心ついた時から、人の頭の上に浮《う》かぶ透明《とうめい》な板と、そこに書かれている不思議な文字が見える——。

今、私が指差しているコックの上には『料理人その①（尿酸値《にょうさんち》が高い）』。

私付きの後ろに控《ひか》える侍女《じじょ》の上には『侍女その③（年上が好き）』。

……など、その人の職業らしきものと、なんとも微妙《びみょう》な情報が浮かんでいる。

「え？　ルイーゼ、何を言ってるんだい？」

私の指差す方を見て、お父様は首を傾《かし》げた。だから私は必死になって言う。

「お父さま、コックの頭の上に浮かんでいる文字のことですわ。『にょーさんち』って書いてあります！」

「尿酸値!?」

幼い子どもが知るはずのない言葉を言うものだから、お父様はかなり驚《おどろ》いたらしい。

「聞き間違《まちが》いかな。頭の上に浮かんでいる文字ってなんだい？　お父様には何も見えないよ」

「えっ？　でも、みんなの上に浮かんでいますわ」

キョトンとした私以上に、お父様と周りにいた使用人たちが騒然《そうぜん》となった。

当たり前のことを言っただけなのに、何を驚いているのだと私は首を傾げる。

「（私の娘《むすめ》がおかしくなったのか⁉　いや、落ち着くんだ！）ルイーゼ、お父様にもっと詳《くわ》しく教えてくれるかい？」

私の背の高さに合わせてしゃがんでくれたお父様が指し示す、コックの頭の上をじっと見つめる。

「コックには『料理人その①（尿酸値が高い）』という文字が浮かんでいますわ！」

「そ、そうか。ありがとう、ルイーゼ。コックよ、思い当たることはあるか？」

お父様に問いかけられて、ややふくよかなコックは被《かぶ》っていた帽子《ぼうし》を取って握《にぎ》り締《し》め、コクリと頷《うなず》いた。

「は、はい、旦那《だんな》様。確かに医者に尿酸値の値《あたい》に気を付けた方が良《い》いと言われました。しかし、そのことは誰《だれ》にも言っておりません。何故《なぜ》ルイーゼお嬢様《じょうさま》がご存じなのでしょう」

なんとコックは医者から尿酸値が高く痛風になりかけていると診断《しんだん》され、最近悩《なや》んでいたらしい。

話を聞き、私が言い当てた内容が照合できたことに父は目を白黒させた。

「で、では、この侍女の頭の上には何か浮かんでいるかな？」

「えっと、『侍女その③（年上が好き）』と浮かんでいますわ」

そう言った瞬間《しゅんかん》に、侍女の顔が赤く染まり、観念したかのように首を縦に振《ふ》った。

「お嬢様の言う通りです。私はそのような嗜好《しこう》を持っていますが、決して誰にも言っておりません！」

「（なんてことだっ！　当たっている⁉）ならば、私には何が浮かんでいるのかな？」

「お父さまは……」

お父様の頭の上を見上げ、私はひゅっと息を呑《の》んだ。

ニッコリと微笑《ほほえ》むお父様にこの内容を伝えるのが憚《はばか》られ、

「えーっと、私の父って書いてありますわ」

「そうか。私の文字は普通《ふつう》なんだね」

「そ、そうですわねっ！」

何とかその場を誤魔化《ごまか》した。その後、いくつか質問され、お父様は真剣《しんけん》な表情で使用人たちと執務室《しつむしつ》へ籠《こ》もってしまった。

自室に戻《もど》って一人になり、私は今までの状況《じょうきょう》を整理した。みんなの頭の上に浮かんでいる文字は、お父様たちの反応を見る限り、どうやら私にしか見えていないらしい。

でも一番の問題は、お父様の頭の上に浮かんでいた――『悪役令嬢の父（没落《ぼつらく》する）』

という文字。

人の上に浮かぶ透明な板は頭の上で固定されているので、都合よくこちらに近付けて見たり、文字を拡大したりすることはできない。

お父様は背が高くて見えづらかったし、それに、文字が浮かんでいるのは当たり前だと思っていたから、今まであまり深く気にすることはなかった。

しかし、まさか『没落する』と書かれていたなんて。

幼い私でも、貴族の娘である以上、その意味は知っている。これは未来に起こることなのだろうか。温厚《おんこう》で優《やさ》しいお父様が、没落するとは思えない。

それに、もう一つ気になることがある。『悪役令嬢の父』……『悪役』はさておき『令嬢』というと、ジュノバン伯爵家には私しか娘がいないわけで……。

「ま、まさか……っ」

もしも、私の頭の上にも、同じように文字が浮かんでいるとしたら――。

恐《おそ》る恐る鏡を覗《のぞ》き込んだ。

「う、うそ……」

今までは自分の頭の上にも文字が浮かんでいるという発想にならなかったから、気にしたことがなかった。朝の支度《したく》の時でも、鏡の前に座るが寝惚《ねぼ》けていてちゃんと見ていない。

それに、自分の頭より上の方を映さないと見えないし、そんな虚空《こくう》をわざわざ鏡に映すことなどなかったから……気が付かなかった。

私の頭の上には――
『悪役令嬢（破滅《はめつ》する）』
そう浮かんでいたのだった――。

あ、悪役令嬢って……やっぱり私のことでしたのっ⁉　それに、『破滅する』って‼

「『悪役令嬢』って何ですの……？」

鏡には真っ青になった自分が映っている。バクバクと心臓の音が煩《うるさ》く響《ひび》く。気が付きたくなかったと心底思うが、気付いてしまったので仕方ない。深呼吸を繰《く》り返《かえ》すと、やっと気持ちが落ち着いてきた。もう一度、しっかり考えてみよう。

『悪』は、悪いこと。『役』は、劇の役者の『役』よね？　ということは……私は悪者役の令嬢ってこと⁉　もしかして、私が悪者だから、伯爵家が没落する運命に……⁉

「全て……私のせい……？」

暗い未来をいきなり提示されたようで、これからどうしたらいいのか、絶望し落ち込んでいると、部屋の扉《とびら》をノックする音が響いた。

そのままお父様が、興奮を抑《おさ》えきれない様子で部屋に入ってくる。

「ルイーゼ、いきなりだがよく聞いてほしい。お前には特別な力があるようだ。けれども、能力の詳細《しょうさい》が明らかにならない今、暗にこの力が知られてしまうと危険かもしれない。しばらくは我《わ》が家《や》だけの秘密にしよう。わかったね？」

戻ってきたお父様にそう説明され、私はコクリと頷いた。

お父様の期待に溢《あふ》れた視線を浴びながら、心の中はずんと沈《しず》んでいて、お父様の目を真っすぐに見られなかった。

「お、お嬢様がデザートを残されたっ⁉」

「た、大変だ――っ‼」

その日の夕食、私は全く食欲が湧《わ》かず、食後のデザートを残してしまった。すると使用人達に大層心配され、何かの病気じゃないかと医者まで呼ばれる騒《さわ》ぎとなった。

「ああ、ルイーゼ、大丈夫《だいじょうぶ》かい？」

「可愛《かわい》いルイーゼがデザートを食べないなんて、重症《じゅうしょう》だっ！」

私に甘いお父様やお兄様たちにも心配される。お母様は大袈裟《おおげさ》なお父様たちを追《お》い払《はら》い、私の頭を優しく撫《な》でてくれた。

「ルイーゼ、何か悩んでいるの？」

「いいえ、な、何でもありませんわっ！」

流石《さすが》に自分が悪役令嬢で、将来伯爵家を没落させる原因かもしれないので落ち込んでいる、とは言えなかった。

「あなたに元気がないと、お母様もお父様たちも心配なの。何があっても私たちはあなたの味方よ。それだけは覚えておいてね」

優しいお母様の言葉に涙《なみだ》が出そうになってしまった。

因《ちな》みにお母様の頭の上には『悪役令嬢の母（逃《に》げ延《の》びる）』と浮かんでいる。お母様……お父様を捨てて逃げるってことかしら……と複雑な気持ちになる。

何はともあれ、私は優しいこの家族を、伯爵家の皆《みんな》を、没落なんてさせたくない。

どうすれば、悪役令嬢にならなくて済むのだろうか。

思い返せば、お父様やお兄様に溺愛《できあい》されて、甘やかされて、私は我が儘《わがまま》ばかり言っていたような気がしてきた。それって物凄《ものすご》く悪者っぽくないだろうか。

駄目《だめ》だ、今すぐやめよう！　むしろ悪者の反対になるには……

「善行……」

ポツリと呟《つぶや》く。

「え？　ルイーゼ、なぁに？」

光明が差した気がした。

そうだ、私は、『悪役令嬢』ではなく、『善行令嬢』になればいいのだ。

「『破滅』と、『没落』を防ぐためにも……『善行令嬢』になりますわ――っ！」

こうして私は善行令嬢を目指すことを心に決め、変なことを口走り始めた娘を見てお母様は更《さら》に心配するのだった。


「『善行とは、善い行いをすること』……なるほどね、善い行い……」

さっそくジュノバン伯爵家の図書館でとにかく善行に関係しそうな本を読んでみたが、難しくて幼い私には理解できなかった。

「悪を倒《たお》すのは……騎士《きし》様よね！　そうですわ、騎士様に聞いてみましょう！」

読書を諦《あきら》めた私は、善は急げと伯爵家お抱《かか》えの護衛騎士の下《もと》へ突撃《とつげき》した。

「自身に宿る悪を倒すにはどのようにしたら良いんですの？」

「お嬢様？　そ、そうですね、心身を鍛《きた》えれば、悪は滅却《めっきゃく》されます」

護衛騎士は驚きながらもそう教えてくれた。心身を鍛え上げた護衛騎士は一点の曇《くも》りもなく、とても格好良く見えて、私は瞳《ひとみ》を輝《かがや》かせた。

まずは、心身を鍛えましょう！　そう決心する。

「お父さま！　私、心身を鍛えたいのです‼」

「と、突然《とつぜん》どうしたんだい、ルイーゼ」

基礎《きそ》訓練や剣術《けんじゅつ》を学びたいと両親へせがんだ。勿論《もちろん》、貴族令嬢には必要ないと両親に

は反対されたが、

「私はこれまで我が儘を言ったり、甘やかされてきたりしたのだと自覚しましたの。己《おのれ》を律するために、心身を鍛えなければと、そう決心したのです。どうかお願いしますわ‼」

「ル、ルイーゼ……、なんて立派になったんだ。けれどもやはり鍛錬《たんれん》など……」

「私、頑張《がんば》りますわ！　もう決めましたのっ！」

そう言って押し切った。お父様たちも私がすぐに音を上げると思ったのだろう。最後は渋々《しぶしぶ》承知してくれて、この日から基礎訓練が開始となった。

伯爵家の護衛騎士の一人が指導者になり、まずは柔軟《じゅうなん》体操と子ども用の軽めの木剣《ぼっけん》での素振《すぶ》りから始まった。

「いいですわ！　善行令嬢に近付いてますわ――っ！」

私の意味不明な掛《か》け声《ごえ》を、護衛騎士は聞かない振りをしながら遠い目をしていたこと。そして、何故か最近奇行《きこう》をするようになった娘に両親が悩んでいたことを私は知らない――。

鍛錬の日々が続いたある日、ジュノバン伯爵邸《てい》に王家の印が捺《お》された召喚状《しょうかんじょう》が届いた。

心当たりのないお父様は『何か悪いことでもしたのか⁉』と怯《おび》えていたが、私も同行するよう書かれており、首を傾げていた。

（ルイーゼの能力については誰にも漏《も》らしていないはずだし……、どうしてだろう）

お父様は暫《しばら》く物思いに耽《ふけ》っているようだったが、王命を無視するわけにもいかず、私を伴《ともな》って王宮へ参ることとなった。


「よく来てくれたな、ジュノバン伯爵とご令嬢よ」

「はっ。ありがたき幸せに存じます」

「ジュノバン伯爵が娘、ルイーゼと申します、国王陛下……」

緊張《きんちょう》しながら、父と並んで最上級の礼をとり、深く頭を下げる。

当たり前だが、国王と対面するなんて初めてで、緊張して足がブルブルと震《ふる》える。

「面《おもて》を上げよ」という陛下の声で、私たちはカチコチになった顔をなんとか上げた。

「さて、そなたの娘について興味深い話を聞いたのだが……どうやら異能を持っているそうだな？」

何故陛下がそのことを⁉

私は動揺《どうよう》し、父は顔面蒼白《そうはく》になって勢いよく膝《ひざ》をつき頭を垂れた。慌《あわ》てて私も同じ体勢をとる。

「はっ！　も、申し訳ございません。隠《かく》そうとしたわけではなく、娘が体調不良だったので、時機を見てからのご報告にしようと思い……」

「よい。どうやら、他者の秘密などがわかるそうだな？　そんな能力は聞いたこともない」

そう言って、国王陛下は私に探《さぐ》るような視線を向ける。

そうだ、相手は国王陛下。ジュノバン伯爵家始まって以来の大騒動《おおそうどう》をいくら隠したところで、陛下の耳にはなんらかの形で伝わってしまう。

このお方は、あまねく貴族の情報を摑《つか》んでいる、歴代でも賢王《けんおう》と名高い国王陛下なのだから。きっとどこからか『異能』の話を聞きつけ、調べ上げているに違《ちが》いない。

絶対に嘘《うそ》などついちゃだめだ、と瞬時《しゅんじ》に私は理解した。

「何がどう見えるのか、説明してもらおう。……シルヴィール！」

国王陛下に呼ばれ姿を現したのは、第二王子であるシルヴィール・ナイル殿下《でんか》だった。

我がナイル王国には二人の王子がいる。第一王子のシュナイザー殿下と四つ年が離《はな》れて生まれたのが第二王子のシルヴィール殿下である。

銀色の星空のような美しい髪《かみ》に、深い海のような蒼《あお》い瞳を持つ、この世のものとは思えない容姿のシルヴィール殿下に、お父様は言葉を失い見とれているようだ。

「さあ、ジュノバン伯爵令嬢には、シルヴィールの文字を見てもらおうか。我が息子《むすこ》にはなんと書いてあるのだ？」

私も本来ならばそのキラキラした容姿にうっとりするところかもしれない。しかし私の視線は、シルヴィール殿下の頭の上に浮かぶ文字に釘付《くぎづ》けだ。

『攻略《こうりゃく》対象　第二王子（ちょろい）』

その文字にポカンと口を開けてしまった。

「――――ちょろい？」

正直に口に出してしまい、我に返った私は自分の失態に青ざめ口元を手で押さえた。

シルヴィール殿下は吃驚《びっくり》した表情になり、お父様は瞬時に綺麗《きれい》に土下座し声を張り上げる。

「もももも、申し訳ございませんっ!!」

私もお父様に倣《なら》って土下座しようとすると、シルヴィール殿下に制された。

「伯爵も面を上げてください。私は気にしていません。それよりも……なるほど。ジュノバン伯爵令嬢は面白《おもしろ》いね」

その瞳は何か面白い玩具《おもちゃ》を見つけたように輝いて見えた。

「私の頭の上には『ちょろい』って浮かんでいるのかな？」

恐る恐るコクリと頷くと、更にシルヴィール殿下は私に近付いてきた。

「ちょろいってどういうこと？」

「ちょ、『ちょろい』としか書いてないので、詳細は……」

「他には何か書いてある？」

――『攻略対象』の意味はわからないし、何だか不吉《ふきつ》な予感がするから今は言わない方が良いかしら？

嘘にはならない範囲《はんい》で正直に答えることにした。

「えっと……『第二王子』と……」

「ふうん。その人の立場や役職と、その他に特徴《とくちょう》なんかが見えるわけだね」

「そのようです」

「ちょろいの他には、特徴は見えないの？」

「……いつも一つしか書かれていません」

矢継《やつ》ぎ早《ばや》に質問され、目を白黒させながら答えていると、国王陛下がシルヴィール殿下を制する。

「そんなに質問攻《ぜ》めにするとジュノバン伯爵令嬢も困ってしまうだろう。そうだな、もう一人、見てもらおうか」

そう言われ、国王陛下の傍《そば》に仕えていた宰相様《さいしょう》が呼ばれた。

じっと宰相様の頭の上を見ると――『宰相（髪の毛が薄《うす》い）』と書かれていた。

心の底から言いにくい。見た目はふさふさだからこそ、言いにくい。

モジモジする私に、シルヴィール殿下が気付いてくれ、そっと耳打ちするように気遣《きづか》ってくれた。

「『宰相（髪の毛が薄い）』と書かれています」

「……ふふ、それは言えないね。父上、ジュノバン伯爵令嬢の見えている文字に恐らく相《そう》違《い》はないかと。宰相の名誉《めいよ》のために公言は差し控えますが」

シルヴィール殿下の言葉に宰相様はぎょっとした表情になる。

シルヴィール殿下に耳打ちされ、真っ青な顔で頷いている。……宰相様の秘密は絶対に公言しないと誓《ちか》いますので、安心してください！　と心の中で謝っておいた。

「ほう。シルヴィールの『ちょろい』は検証しきれんが、見えるというのは本当のようだな。これはひょっとすると、秘密を暴《あば》くほどの重要な異能。今後の対応について伯爵と相談させてもらおう」

そう言って、私とシルヴィール殿下だけ別室に案内された。

当然だけれど、国の絶対的な存在である陛下の秘密を暴くなど、誰かが聞いているかもしれない場でしたら死刑《しけい》確定だ。

だから国王陛下も「私の文字はなんだ？」とは聞かなかったのだ。

では、シルヴィール殿下の文字は何故この場で見ても良かったのだろう――？

考えに耽っているうちに、お茶の準備がされ、シルヴィール殿下の指示で従者も下げられ、二人だけのティータイムが始まってしまった。

「緊張しないで、楽にしてね。お菓子《かし》は好きかな？」

「は、はい。ありがとうございます」

にこやかにお茶を勧《すす》められ、恐る恐る手を伸《の》ばす。そんな私を見つめながら、シルヴィール殿下は本題に入った。

「さて、先ほどの検証のことだけれど。私が見てほしいと父に頼《たの》んだんだ。どうしても自分の情報を漏らすことなく知っておきたくてね」

そうだったのか、と私は頷く。たしかに『異能』の話を聞けば、自分に浮かぶ文字が気になるものだろう。

「私はね……王族とは常に完璧《かんぺき》でなくてはならない。人に弱みを見せたり、特別を作ったりしてはいけないと、そう言われて育ってきたんだ。だからこそ『ちょろい』っていうのがどうしても許せない。……私が？　弱みなど作ってはいけない私が？　ちょろいなんて絶対に有り得ない」

先ほどまでのにこやかな表情から変わって、途中《とちゅう》から冷えた目になったシルヴィール殿下についぎょっとしてしまった。も、もしかして怒《おこ》っていらっしゃる……⁉

しかし、次の瞬間にはまた作られたような綺麗な笑顔《えがお》に戻っていた。

「今日見たものを、君もジュノバン伯爵も誰にも言わないだろう？　……言ったらどうな

るかわかるよね？」

「も、もちろんです」

王族の情報をばらまくなんてとんでもない！

ブンブンと首を縦に振った。

シルヴィール殿下はずっと笑《え》みを浮かべていて、もちろんそれは見惚《みと》れるほど美しいのだけれど。なんだか先ほどから様子がおかしいような……？

なんて不敬な思考を読んだかのように、シルヴィール殿下はふっと笑った。

「驚かせてしまったみたいですまないね。ジュノバン伯爵令嬢は本当に面白い。それにしても……ねえ、さっき何か誤魔化さなかった？　私の文字は『第二王子』だけではないんじゃない？」

ねえ、とすごい圧の笑顔で詰《つ》め寄《よ》られ、背中に大量の汗《あせ》が流れ落ちる。

これは誤魔化せない。そう悟《さと》った私は瞬時に白旗を上げた。

「も、申し訳ございません!!『攻略対象』とも書かれていました！　文字の意味がわからなかったので言わなかっただけです――！」

意味不明の文字を隠していたことも露見《ろけん》してしまい、もう終わったと土下座する勢いでその場に立ち上がると――

「攻略……」

静かにポツリと言ったシルヴィール殿下の背後が、凍《こお》り付《つ》くような冷気を醸《かも》し出《だ》しているのは気のせいだろうか。

「聞いたことのない言葉だけど。攻略って、私が何者かに騙《だま》されると？　打ち負かされるという意味かな？」

「えっ？　『攻略』ってそんな意味が⁉」

取り戻せない不敬をしてしまったのでは、と私は顔面蒼白になる。

頭の中がグルグルと混乱するが、とにかくここは正直に謝罪するしかない。

「すみません！　実は私も自分の文字に落ち込んでいて、なんでもかんでも正直に伝えるのは相手を傷つけるかもしれないから良くないと思っていて……。なのに怒らせることばかり言ってしまって申し訳ございません！」

必死に頭を下げる私に、シルヴィール殿下ははっと息を呑んだ。

「君……自分の文字が良くない内容なの？」

「……はい。詳しくは話せませんが、私のせいで家族まで不幸になってしまうかもしれない……そんな内容なのです」

「……そうか」

何か腑《ふ》に落ちたようにシルヴィール殿下は目を伏《ふ》せた。

「で、でも今は、そうならないように善行をしているのです！」

「善行？」

「はい！　まずは心身を鍛えるべく、いろんな特訓をしているのですよ。知っていましたか？　手のマメを見れば、正しい剣《けん》の握り方をしているかどうか、わかるんですって！　私は変なところにできかけて……両親は騒ぐし握り方も間違っていたようで、善行にはまだまだですわ……」

手のマメを眺《なが》める私に、シルヴィール殿下は堪《こら》えきれないように笑いを零《こぼ》した。

「君はやっぱり面白いね」

「そ、そうですか？」

シルヴィール殿下はひとしきり笑った後、真剣な目になって問いかけてきた。

「ねえ、見える文字の内容が変わることはあるの？」

「いえ、今まで変わったことはありません。私も、自分の文字が変わればいいなと思うのですが……。運命はそう簡単に変わらないものなのかもしれません」

「そう……」

すると殿下は神妙《しんみょう》な顔をした後、私にしっかりと目線を合わせた。

その表情は、今までの人形のような完璧な笑みではなく、彼の自然な笑みのように見える。そして何故か、挑戦《ちょうせん》的な瞳をしていた。

「あのね、さっきも言ったとおり、王子である私が、ちょろいだの誰かに騙されるなど有り得ない。そんな運命はどうしても許せない。だから私は自分の文字を変えてみせるよ。そうしたら、君も変えられるかもっていう希望が持てるでしょ？」

「王子殿下……」

思いもよらない言葉に、目を見開く。

『ちょろい』という解釈《かいしゃく》不能な言葉よりも、あからさまに私に浮かぶ文字の方が酷《ひど》い内容だから、シルヴィール殿下を少しでも励《はげ》ませたら、と思っていたのに。

まさか反対に、シルヴィール殿下に励まされてしまうとは。

「シルヴィールって名前で呼んでほしい。敬称《けいしょう》もいらない。私もルイーゼと呼ぶから」

「えっ！」

突然の提案に声が裏返ってしまった私にまた微笑んでくれた。自分でも、彼がちょろく、誰かに騙される人になるなんて考えられない。短い時間ではあるものの、シルヴィール殿下は強い信念を持ち、自分を律して行動している人なのだと感じた。

きっと彼ならば、この頭の上に浮かぶ文字すら変えてしまえるかもしれない――。

自然とそう信じられる気がしてきて、なんだか自分のことにも希望が湧いてきた。

「ありがとうございます、……シルヴィール様。では私も、シルヴィール様が希望を持てるよう、頑張りますわね。どちらが文字を変えるのが早いか競争です！」

そう言って微笑み返すと、シルヴィール様は口元を手で覆《おお》って私から視線を外した。彼の耳が赤いように感じるのは気のせいだろうか。もしや体調が悪くて隠しているのか。

さっきまでのシルヴィール様を思い返すと、怒ったり、笑ったりと表情が豊かな方が本当の彼なのだろう。

でもその姿を見せてくれるのは一瞬《いっしゅん》で、ずっと作ったような笑みを張り付けている。

それが、先ほど彼の言った『王族とは常に完璧でなくてはならない』ということなのだろうけれど……人に弱みを見せずに常に気を張り詰めていても、それを悟られないようにする。そして、嫌《いや》なことも辛《つら》いことも表に出さず、常に笑顔で対応してきたのだろうと思うと、彼はなんと苦労してきたことか。今も我慢《がまん》しているのではと心配していると、すぐに元通りの表情になり、何もなかったかのように会話が続けられた。

「わかった。……そういえば鍛錬って、誰に教えてもらっているの？」

「我が家の護衛騎士です！　マメの件もそうですし、いろんなことを教えてくれるんです。頼《たよ》りになる格好いい騎士様なんですよ！」

我が家の護衛騎士について熱く語っていると、何故かシルヴィール様の周囲の温度が下がっていく気がした。

「男の護衛か……。早急《さっきゅう》に手を打つ必要があるな……」

何かをポツリと呟かれたけれども、小さすぎて私には聞き取れなかった。もう一度聞き返してみようかなと思ったところで、国王陛下とお父様が戻ってきた。

私のこの頭の上に浮かぶ文字を見る力は、『透視《とうし》の能力』と呼ばれることになった。異能については王族やそれに連なる貴族以外には詳細が伏せられ、無暗《むやみ》に力を使うことを強制できないように国に護《まも》られるとのこと。

そこまで厳重に護っていただいてありがたいけれど、きっと私の能力はそこまで国に役立たない。

頭の上の文字が見えるって言ったって、基本はしょうもない内容なのに――過度な期待はやめていただきたいですわ！

それに……シルヴィール様も国王陛下も、誰も知らない。私の頭の上に浮かんでいる『悪役令嬢（破滅する）』という文字を。

私は複雑な気持ちになるが、今日はもう帰ってよいとのこと。ならば王家に護られる身分に相応《ふさわ》しいよう、さらなる善行について家に帰ったらじっくり考えなければ……と思っていたのだが。

「父上、ルイーゼ・ジュノバン伯爵令嬢を私の婚約者《こんやくしゃ》にしていただけないでしょうか？」

シルヴィール様からの衝撃《しょうげき》発言に、私もお父様も驚きすぎて目を丸くした。

「ほう、お前が望みを言うなど珍《めずら》しい。『透視の能力』持ちとして保護する話は先ほど取り決めてきたし、ふむ、たしかに婚約者ならば立場的に外にも勘《かん》づかれず保護することができる。良いだろう。ジュノバン伯爵よ、どうかな？」

と何故か国王陛下も承諾《しょうだく》してしまった。私とシルヴィール様の婚約は政略的な意味を持つのだと、国王陛下の話でなんとなく勘づく。

たしかに、お父様はどの派閥《はばつ》にも属さない中立派だし、『異能者』を国に留め置くためには、この政略結婚《けっこん》は良い手段。

王命だとすると、断るという選択肢《せんたくし》はなく……。

「こ、光栄でございます！　我が娘の婚約、お受けいたしますっ！」

お父様が深々と頭を下げ、この場で婚約が決まってしまった。

「よろしくね、ルイーゼ」

満足そうに目を細めるシルヴィール様のお人形のような綺麗な顔を、私はポカンとした顔で見つめ返すしかできなかった。

ちょっと待って。先ほど私の上に浮かぶ文字は、家族も不幸になるほど悪い内容だと伝えましたよね⁉

たしかに競争しようとは言いましたけど、文字が変わる保証なんてないですし……いや、変えるために頑張りますけど……とにかく、王子の婚約者には相応しくない人間なんです！　と信じられない気持ちで天を仰《あお》いだ。

こうして……私はナイル王国第二王子であるシルヴィール・ナイル様の婚約者となってしまったのだった。

第一章　悪役令嬢、仲間と出会う

「王宮近衛騎士《このえきし》のタニア・マーズレンです。シルヴィール殿下《でんか》の命を受け、本日よりルイーゼ様の護衛に付くこととなりました。どうぞよろしくお願いいたします」

『女騎士（こむら返りに悩《なや》む）』を頭の上に浮《う》かべたクールな女騎士様が我が伯爵《はくしゃく》家に来たのは、シルヴィール様との婚約《こんやく》が決まった翌日のことだった。

……こむら返り……、随分辛《ずいぶんつら》いのかしら……なんて少し心配になったが、それよりも王宮近衛騎士なんて名誉《めいよ》な職位から何故《なぜ》か平凡《へいぼん》な伯爵令嬢《れいじょう》の護衛に選出されてしまったタニアさんが不憫《ふびん》に思えてならなかった。

「ルイーゼ・ジュノバンですわ。タニアさん、突然《とつぜん》私なんかの護衛騎士にされてしまい……何と言ったら良《い》いか……」

「タニアと、そう呼び捨てにしてください。シルヴィール殿下たってのご希望ですし、ご婚約者であるルイーゼ様の護衛に付けて、私には身に余る思いです。鍛錬《たんれん》でも何でもお付き合いいたしますので、何なりとお申し付けください」

キラッと光るような素敵《すてき》な笑顔《えがお》を向けられ、私は眩《まぶ》しくて目を細めた。赤銅《しゃくどう》色の艶《つや》やかな髪《かみ》に切れ長の瞳《ひとみ》。長めの髪は一つに括《くく》られ、凛々《りり》しさを醸《かも》し出している。

こんな素敵な美人さんが護衛騎士など光栄すぎる。こむら返りに良く効く薬を後で贈《おく》るので、このまま厚意に甘えてしまおう。

「はい！　どうぞ、よろしくお願いいたしますわ、タニア！」

こうして私の善行令嬢計画の一環《いっかん》である、心身を鍛《きた》える作戦に強力な味方ができた。

近衛騎士を派遣《はけん》されてしまっては、両親も私の鍛錬を止めることなどできず、堂々とできるようになった。タニアを派遣してくれたシルヴィール様に感謝である。

凛々しいタニアに憧《あこが》れて、鍛錬の時にはタニアとお揃《そろ》いの髪型にしてもらった。頭の上で一つに括られた髪型に私はご満悦《まんえつ》だ。

「タニアとお揃いねっ！」

「ふふ、ルイーゼ様、光栄でございますっ！　さあ、一緒《いっしょ》に頑張《がんば》りましょうねっ！」

タニアの指導の下《もと》、鍛錬が開始される。

柔軟《じゅうなん》体操や、剣術《けんじゅつ》の特訓に加え、護身術も教わる。日に日にできることが増え、心身共に鍛えられているのがわかって、とても充実《じゅうじつ》した気分だった。

「ルイーゼ様は努力家ですね。シルヴィール殿下とよく似ておられます。シルヴィール殿下も負《ま》けず嫌《ぎら》いで、他者に弱みを見せまいと並々ならぬ努力を重ね、今や剣術の腕前《うでまえ》は騎士団長も認めるほどなのですよ」

「シルヴィール様が……」

『私は自分の文字を変えてみせるよ。そうしたら、君も変えられるかもっていう希望が持てるでしょ？』

タニアの言葉にシルヴィール様が言ってくれた言葉が脳裏《のうり》に蘇《よみがえ》った。涼《すず》しい顔をしているが、裏ではかなり努力を重ねているらしい彼に胸が熱くなる。

私も負けられませんわ！　善行令嬢になって、文字を変えてみせますわっ‼

同じ目標を持った仲間であり、競争相手であるシルヴィール様に負けられないと、今まで以上に漲《みなぎ》る力を感じた。

「さあ！　鍛錬ですわっ！　目指せ善行令嬢ですわっ！」

「はい！　お付き合いいたしますっ！」

昼間は淑女《しゅくじょ》教育、王子妃《おうじひ》教育に専念し、隙間《すきま》時間にタニアから基礎《きそ》訓練や剣術訓練、護身術を習う。心身が鍛えられていくと、自然と思考がポジティブになる。

悪いことや我《わ》が儘《まま》など、考えるのが馬鹿馬鹿しいほど、頭からすっかり消え去っていた。

婚約者であるシルヴィール様とは、あれから月一回、定期的にお茶会でお互《たが》いの近況《きんきょう》を報告するようになった。

因《ちな》みに、初めて会った日以来、冷たく挑戦《ちょうせん》的な表情を見せることはなく、頭の上の文字についての話題も一切《いっさい》してこなかった。いつ会ってもニコニコ完璧《かんぺき》王子様で、もう私にも本当の姿を見せてくれることはないのかもしれない……と少し寂《さび》しくなった。

けれども、同じ目標を持つ同志という間柄《あいだがら》は変わっていないと、勝手に仲間意識は持っている。

聞かれなくても、シルヴィール様より先に文字を変えてみせる！

剣術や体術、護身術を極《きわ》めても、頭の上の文字は変わらなかったが。

「あ、諦《あきら》めませんわっ‼　目指せ、善行令嬢ですわ――っ‼」

私の善行令嬢計画は終わることなく繰《く》り広《ひろ》げられていくのだった――。


季節は何回も変わり、私はもうすぐ十六歳になる。

私の頭の上には――

『悪役令嬢（破滅《はめつ》する）』という文字が相変わらず堂々と浮かんでいる。

この十年くらい、物凄《ものすご》く頑張って善行令嬢計画を決行したのだけれども、未《いま》だ私は『悪役令嬢』と『破滅』を回避《かいひ》できていないのだ。

剣術の練習も日々の鍛錬も人一倍頑張ったし、厳しい王子妃教育も必死に耐《た》えた。とにかく『悪』にはならないよう『善』になることをひたすらしてきたというのに。

なのに……この文字は変わらない。

そもそもいつ『破滅する』という意味なのだろう？　来年か、また来年か……と緊張《きんちょう》の繰り返しだったけれども、まだ何も起こっていない。このまま破滅なんてなかったことにしたいけれど、頭の上の文字が変わらないということは、運命はまだそのままなのだろう。破滅は近いのか、遠い未来なのかはわからない。

心身を鍛えたり、勉強を頑張ったり、善い行いをするだけではきっと駄目《だめ》なのだ。もう何でもやってみるしかない。

「まだまだ諦めませんわ！　最終目標は善行令嬢ですわ！」

メラメラと闘志《とうし》を燃やしている私を『侍女《じじょ》その①（お金大好き）』を頭の上に浮かべたマリィが冷めた目で見ていた。

「お嬢様《じょうさま》、メラメラされているところ失礼いたします。シルヴィール殿下よりお手紙と贈り物が届いております」

マリィから豪華《ごうか》な封筒《ふうとう》に入れられた手紙と、キラキラ輝《かがや》く贈り物の箱を渡《わた》された。王家の紋章《もんしょう》入りの手紙を開けると、文句のつけようのない綺麗《きれい》な文字が目に入る。

『親愛なるルイーゼ、変わりなく過ごせているかな？

明日の入学祝いを贈らせてもらう。是非《ぜひ》入学式に付けてきてくれると嬉《うれ》しいな。

君と共に王立学園で学べるのを楽しみにしている。シルヴィール』

パカリと贈り物の蓋《ふた》を開けると、海のように深い蒼色《あおいろ》の宝石が付いたブローチが入っていた。これ一つで一体いくらするのだろうと、手に持つのも躊躇《ためら》ってしまいそうな豪華さに息を呑《の》む。結局十六歳になるまで文字を変えられなかった自分は王子の婚約者に相応《ふさわ》しくないのに、またまた身に余るものを貰《もら》ってしまってどうしよう……と遠い目になる。

家宝にして宝物庫に丁重《ていちょう》に仕舞《しま》わせていただきたいが、贈り物を付けていかないなんて無礼なことはできないので、観念するしかない。

「マリィ、シルヴィール様から頂いたこのブローチを明日付けていくから、ヨロシクですわ」

「畏《かしこ》まりました」

手袋《てぶくろ》を装着し厳重にブローチを受け取るマリィに、やはりかなり高価な宝石なのだと嫌《いや》な汗《あせ》が流れる。お礼のお手紙も差しさわりがないように書き、マリィに託《たく》した。

明日は国内の王族や貴族が十六歳になる年に入学し、三年間通うのが義務付けられている王立学園の入学式である。同じ歳《とし》のシルヴィール様も明日からは王立学園で同級生として共に学ぶ予定だ。

あれから婚約者のシルヴィール様とは月に一度開催《かいさい》される二人だけのお茶会で会うきりで、お互い王子教育と王子妃教育に忙《いそが》しい日々を送っていた。

私の異能を隠《かく》すためなのか、社交界出席を禁止され、伯爵家や領地からなかなか出られない生活が続いていた。

もしや『引きこもり令嬢』などと噂《うわさ》が立っていないか心配だけれど、学園に入学すること、つまり外出解禁になることは嬉しい。

引きこもっていた期間も、それはそれでタニアと共に鍛錬に集中できていたからなんら不満はないのだけれど。

数年前に王太子殿下が隣国《りんごく》へ留学されてからは、シルヴィール様は更《さら》に忙しくなったようで、月に一度のお茶会もいつの間にか催《もよお》されなくなり、交流も少なくなった。

でも、寂しいとは思わない。

私とシルヴィール様は政略的な婚約であり、私はたまたま異能があり都合よく選ばれた婚約者に過ぎない。頭の上の文字を変えるという同じ目的を持った仲間で、そこに愛だの恋《こい》だの色めいた感情はない。いつか、一緒に運命を変える同志というのが、大事なポイントなのだ。

「負けませんわよ！　シルヴィール様‼」

会わなくなった間も、タニアからシルヴィール様の努力の軌跡《きせき》は聞いていたので、やる気が漲る。

気合いを入れる私を、マリィは何も見なかったようにスルーする。基本マリィはお金が絡《から》まないとやる気を見せない、有能な侍女である。

そんなマリィと入れ替《い》わ《か》りになるようにタニアが部屋に入ってくる。

「ルイーゼ様、本日の鍛錬はどうされますか？」

「明日もあるし、軽く庭を百周して素振《すぶ》りを百回で終わらせますわ！」

「お付き合いいたします！」

護衛のタニアとはもうすっかり鍛錬仲間である。

明日からの学園生活では、侍女や護衛は同行できない決まりなので、四六時中傍《そば》に仕えてくれていたタニアと離《はな》れるのは少し寂しい。

何故かタニアは私に近付く家族以外の男性を遠ざけるように振《ふ》る舞《ま》うこともあるが、それ以外は頼《たよ》りになる姉のように思っている。

「学園に入学しても、一緒に鍛錬してくれる？」

「勿論《もちろん》です！　タニアはルイーゼ様の専属護衛ですからね」

美人騎士様の微笑《ほほえ》みが眩しすぎて目が眩《くら》みそうになる。

明日からの学園生活に気合いを入れるためにも、鍛錬に精を出すのであった――。


「ルイーゼ様、到着《とうちゃく》いたしました」

馬車に揺《ゆ》られうとうとしていた私にマリィが声をかけてくれ、はっと目を覚ます。久しぶりの外出に高揚《こうよう》し、昨夜はなかなか眠《ねむ》れなかった。

今日は王立学園の入学式。

馬車の窓から見えるお城のような豪華な建物にゴクリと息を呑む。

真新しい制服に身を包み、胸元《むなもと》には多分かなり高価であろうシルヴィール様から贈られたブローチが輝いていた。

……絶対に、傷一つ付けられませんわ。

嫌な緊張感も追加され、なんだか馬車から降りるのもドキドキしてしまう。

決意と共に馬車のドアを開けると、御者《ぎょしゃ》ではない綺麗な手がスッと差《さ》し伸《の》べられた。

「お手をどうぞ。ルイーゼ」

「えっ？」

『攻略《こうりゃく》対象　第二王子（ちょろい）』を頭の上に浮かべた、キラキラとした笑顔を振りまくシルヴィール様が何故かいた。

久々の再会であり、予想外の登場に素っ頓《とん》きょうな声を上げてしまったが、断るわけにもいかず、おずおずと綺麗な手の上に自分の手を置いて、馬車を降りた。

「あ、ありがとうございます」

「ちょうど私も着いたところだったんだ。久しぶりだね、ルイーゼ。制服も似合っているよ。ブローチも付けてくれたんだね」

相変わらずお人形のような顔で綺麗に微笑むシルヴィール様は、私の胸元に付けられたブローチにそっと触《ふ》れた。

「あ、ありがとうございます。ブローチも、身に余るほどの素敵な物を頂きまして、感謝しておりますわ。シルヴィール様も制服がよくお似合いです」

久しぶりに会ったシルヴィール様は、記憶《きおく》にある彼よりもさらに洗練されていて、完璧な笑顔で皆《みな》に平等に振《ふ》る舞《ま》う態度は全く隙《すき》のない第二王子に見えた。

あまりにも完璧すぎて、誰《だれ》にも踏《ふ》み込ませない壁《かべ》を作っている印象を受ける。子どもの時に一度だけ見た裏の顔がちらっと見えるような素振《そぶ》りもなく、『ちょろい』とは正反対に思えるけれど……。

文字が変わらないところを見るに、シルヴィール様も苦労しているんだな、と思う。

入学式会場までエスコートしてくれることになったシルヴィール様と共に、王立学園の門を潜《くぐ》ろうとした瞬間《しゅんかん》――

「痛っ‼」

思いっきり誰かにぶつかられてよろめいてしまう。まあ、鍛錬を重ねた私は簡単に地面に膝《ひざ》はつきませんけれども！

ぶつかってきた女生徒は吹《ふ》き飛《と》んでしまったようで、尻餅《しりもち》をついていた。

「大丈夫《だいじょうぶ》かしら？　お怪我《けが》はなくて？」

心配になって女生徒に手を差し伸べる。善行令嬢ですもの、気遣《きづか》いは怠《おこた》りませんわ。

「はい……えっ⁉」

彼女は何故か物凄く驚《おどろ》いた表情で顔を上げ、私ではなく斜《なな》め後ろにいるシルヴィール様の方を見つめていた。

ピンク色のふわふわした髪にエメラルドのような緑色の瞳。

あら、可愛《かわい》らしい。と見惚《みと》れると同時に……、『主人公（あざといヒロイン）』と頭の上に浮かんでいるのが見えた。

『主人公』『あざといヒロイン』といった聞いたこともないような言葉に首を傾《かし》げながらも、未《いま》だにポカンとした表情の女生徒に視線を戻《もど》した。

彼女は何かを待っているような様子だったが、やがて困惑《こんわく》した表情になり、

「あ、あれ？　王子様は？　っていうか怒《おこ》らないの？　おかしいなぁ」

ブツブツと何かを呟《つぶや》きながら自分で立ち上がった彼女は、そのまま謝罪をして風のように門の中へ消えていった。

「ルイーゼ、大丈夫かい？　怪我はない？」

「はい。大丈夫ですわ」

むしろ思いっきり吹き飛んでいた彼女の方が心配だ。まあ、元気に走っていったので大丈夫だろうと気に留めないこととした。

クラス分けが発表され、私とシルヴィール様は一緒のクラスだった。

「ルイーゼ。これからよろしくね」

入学式後もずっと隣《となり》にいるシルヴィール様にニッコリと微笑まれる。

「は、はい、お願いしますわ！」

ここ数年会うことのなかったシルヴィール様と、これから毎日顔を合わせると思うと何だか不思議な気持ちだ。

シルヴィール様と共にクラスに入ると、一斉《いっせい》に視線を浴びる。社交界から離れて暮らしていたため少し及《およ》び腰《ごし》になってしまう。

「殿下と一緒にいるあの方は……、もしや今まで姿を現さなかったご婚約者では？」

「まあ！　家柄《いえがら》も伯爵《はくしゃく》家とお聞きしていますわ。特別優秀《ゆうしゅう》なのでしょうか。気になりますわね。殿下に相応しい方なのか……」

コソコソと貴族令嬢の噂話《うわさばなし》が聞こえた。

確かに異能については、王族に近いある一定の貴族にしか公表されていないため、爵位がそこまで高くない伯爵令嬢が第二王子の婚約者であることに納得《なっとく》いかないのは頷《うなず》ける。

値踏《ねぶ》みされるような視線に、私は背筋を伸ばして堂々とシルヴィール様の横に立つ。

善行令嬢に後ろめたいことなんてないのですから！

「私の婚約者のルイーゼだ。皆仲良くしてほしい」

シルヴィール様もにっこりと完璧な笑顔を見せると、教室の中のヒソヒソ声は一瞬《いっしゅん》でなくなった。

「そうだ、ルイーゼ、私の側近を紹介《しょうかい》しておくね。これから色々と私を通して関わり合うこともあるだろうから、よろしく頼《たの》むよ」

そう言って、同じクラスになったシルヴィール様の側近の方々が呼び寄せられる。

思い返せば何年も婚約者として過ごしてきたが、側近の方々と会う機会はなかったなと思う。『異能者』として護《まも》られ伯爵家に引きこもっていたのだから仕方がないが、初めてお会いする面々を見て、私は頭の上に浮かぶ文字に絶句した。

「お初にお目にかかります。ルシフォル・エルナーデと申します。どうぞよろしくお願いいたします」

そう言って綺麗な所作で挨拶《あいさつ》をした彼は、緑色の髪に緑色の瞳を持ち、銀縁《ぎんぶち》の眼鏡がよく似合っているが――

『攻略対象　宰相《さいしょう》の息子《むすこ》（変態）』と頭の上に浮かんでいる。

優秀なご子息と噂で聞いていたが……まさか、『変態』とは思ってもみなかった。

え？　本当に変態ですの？　何だかルシフォル・エルナーデ様を見る目が変わってしまいそうですわ。

「俺はダルク・メルディスだ。堅苦《かたくる》しいのは苦手で、無礼を働くかもしれないが、大目に見てもらえると助かる。よろしく頼む」

燃えるような紅い髪《あかかみ》に紅い瞳の筋肉マッチョである彼の頭の上には――『攻略対象　騎士団長の息子（猫耳《ねこみみ》に弱い）』が浮かんでいた。

現騎士団長のご子息であるダルク・メルディス様は硬派《こうは》なイメージであったが、まさかの猫耳に弱いらしい。なんだか変態の香りがしますわ。

「……ジョルゼ・リーデハットだ。……よろしく」

クールに言い切った彼には――『攻略対象　公爵《こうしゃく》家嫡男《ちゃくなん》（蜂蜜《はちみつ》大好き）』が頭の上に浮かんでいる。黒髪に黒曜石のような瞳の持ち主で、その冷たい眼差《まなざ》しに陰《かげ》では『氷の貴公子』と呼ばれるほどご令嬢の人気が高いと聞いたことがある。そんな外見に相反して蜂蜜が大好きらしい。

え？　蜂蜜ですの？　全く想像できませんわ。ある意味変態なのかもしれない。

国を背負うような面々なのに、頭の上に浮かぶ微妙《びみょう》な文字のせいで全く眩しく見えないのが残念だった。そして、ふと気づく。

皆シルヴィール様と同じく『攻略対象』の文字があるではないか。

え？　なんでですの？　『攻略対象』って仲間がいるんですの？

あまりの衝撃《しょうげき》に彼らを凝視《ぎょうし》してしまう。

「ル、ルイーゼ・ジュノバンですわ。どうぞよろしくお願いいたします」

ルシフォル・エルナーデ
『攻略対象　宰相の息子（変態）』
ジョルゼ・リーデハット
『攻略対象　公爵家嫡男
（蜂蜜大好き）』
ダルク・メルディス
『攻略対象　騎士団長の息子
（猫耳に弱い）』

当《あ》たり障《さわ》りのない笑顔を作り、挨拶を返した。

頭の中は、彼らに浮かぶ文字のことでいっぱいですけれど……。

「皆、ルイーゼは私の婚約者だ。よろしく頼むよ」

かつて『攻略』という文字について怒り、闘志をメラメラと燃やしていたシルヴィール様。でも同じ文字の仲間がいましたよ！　と、私はキラキラした目でシルヴィール様を見上げる——が。

ちょっと待って。まさか……攻略対象って変態の集まり⁉

ということはシルヴィール様も⁉

ちょろい変態って何でしょうか！　ああ、迷宮入《めいきゅうい》りですわ。

「どうしたのかな？　ルイーゼ」

「い、いえ！　何でもありませんわ」

まさか、シルヴィール様一派が変態なのかどうかを推察していたなんて、口が裂《さ》けても言えない。

誤魔化《ごまか》すように元気に返事をするが、心を見透《みす》かされるような視線を返され、少し居心地《いごこち》が悪くなる。

「私達は学長に呼ばれているから申し訳ないけど、少し席を外さなければならないんだ。ルイーゼは一人で大丈夫かい？」

「大丈夫ですわ！　いってらっしゃいませ！」

この変態（？）一派と離れられる、とつい満面の笑《え》みになってしまった私に、シルヴィール様は微妙な顔をしながら側近の方々を引き連れて学長室へ出向かれていった。

その姿を見送りながら私はやっと一息吐《ひといきつ》いた。やはり超絶《ちょうぜつ》美形の王子様や側近の方々の傍《そば》にいるだけで無意識に肩《かた》に力が入っていたらしい。

やっと余裕《よゆう》ができて、今の状況《じょうきょう》を整理してみる。

初めて同じ文字が揃っているところを見た。『攻略対象』とは何人もいるものなのだろうか。そして変態なのか……。

学園が始まったことで、何だか今までと状況が変わった予感に胸がざわついた。

教室はまた騒《さわ》がしさを取り戻し、ふと振り向くと、先ほど校門前でぶつかった女生徒も同じクラスにいることに気が付いた。

儚《はかな》げな美少女である彼女の周りにはお近付きになりたい男子生徒が溢《あふ》れている。それを冷たい目で見つめるご令嬢もいて、善行令嬢の私は少し心配になってしまった。

「あら、あの子が卑《いや》しい庶民《しょみん》の成り上がりみたいよ」

「ああ、『癒《いや》しの力』の素質があるからってルノー男爵《だんしゃく》家に養子に入ったというピクセル・ルノー男爵令嬢ね。本当に庶民臭《くさ》さが抜《ぬ》けていなくて、見苦しいですわ」

ピンクブロンドの彼女はピクセル・ルノーというお名前らしい。それよりも気になるの

は……明白に嫌悪《けんお》感を醸し出している令嬢達の上に、

『悪役令嬢の取り巻きその①（破滅する）』

『悪役令嬢の取り巻きその②（寝返《ねがえ》るが破滅する）』

と浮かんでいることだ。

え、『悪役令嬢』って書いてありますわ！

私の……『悪役令嬢』の仲間ですの？　しかもその②は寝返るのに破滅するの？　不憫すぎません？

それに、『悪役令嬢の取り巻き』という文字に、自分の破滅する運命に家族だけではなくこのお二方も巻き込んでしまっている気がして申し訳なくなった。

罪悪感で見つめていると、視線を感じたのか目が合ってしまう。

「第二王子殿下のご婚約者と同じクラスなんて光栄ですわ。私ルナリア・フォレスターと申します」

『悪役令嬢の取り巻きその①（破滅する）』を頭の上に浮かべた派手なメイクのご令嬢、ルナリア様が近付き挨拶してくる。

「ジュリア・レインデスと申します！　是非とも仲良くしてくださいませ」

『悪役令嬢の取り巻きその②（寝返るが破滅する）』を頭の上に浮かべた、ルナリア様より地味めな顔立ちのジュリア様も負けじと物凄い圧で挨拶してくれた。

『絶対に第二王子の婚約者の友人になりたい！』という勢いに負けそうにはなるが、お二人は所謂《いわゆる》運命共同体である。『悪役令嬢』の運命を背負う総括《そうかつ》責任者の私が怯《ひる》むわけにはいかない。

「ルイーゼ・ジュノバンですわ。よろしくお願いいたしますね」

絶対にお二人とも破滅なんてしてほしくない。ジュリア様は寝返るらしいけど……。できれば一緒に運命を変えたい。お二人を破滅に巻き込まないためにも、善行をより頑張らなければ！　一人じゃダメでも、三人が善行を積めば善行が三倍になるから運命が変わるかもしれない。

「お二人とも、どうぞ仲良くしてくださいませね！」

「「勿論ですわ!!」」

こうして私達は熱い思いを胸に秘めながら、お友達になった。

「それにしてもお聞きになった？　あのご令嬢は……」

お二人は止まることなく噂話を始める。

凄《すご》いわ……。諜報員《ちょうほういん》かと思うくらい色々な情報を持っているのね。でもいけないわ、めちゃくちゃ『悪』っぽいですわ！

『悪役令嬢』から『善行令嬢』になるには、噂も悪口もご法度《はっと》だ。

お二人は『悪役令嬢』を頭の上に掲《かか》げた同志である。『善行令嬢』にお二人を導くためには……やはりあの方法しかない。

「ルナリア様、ジュリア様。私、お二人との仲を深めたいと思いますの。放課後、我が伯爵家にいらっしゃいません？」

「ま、まあ！　よろしいのですか？　勿論喜んで伺《うかが》いますわ！」

「私達もルイーゼ様ともっと仲良くなりたいのです！　よろしくお願いしますわ！」

嬉しそうなお二人に私もニッコリと笑みを浮かべた。

放課後、ジュノバン伯爵家に招かれたお二人は、鍛錬服を身に纏《まと》った私に出迎《でむか》えられ、ポカンとした表情になった。

「ルナリア様、ジュリア様！　私と共に鍛錬をいたしましょう！」

「「へ……？」」

心の健康は身体《からだ》の健康でもあると、そう幼い頃《ころ》から学んできた。鍛錬を積むうちに私は精神力が人並み以上に鍛えられたのだ。

少しだけふくよかなこのお二人、身体に良くないから心も乱れるのだわ。

それなら——

「ルイーゼ様！　もう許してくださいまし！」

「頑張ってくださいませ。淑女たるもの、弱音を吐《は》いてはいけませんわ」

ジュノバン伯爵家の鍛錬場にルナリア様とジュリア様の悲鳴のような声が響《ひび》く。私の鍛錬の師匠《ししょう》であるタニアと共に、私はお二人の心と身体の鍛錬に協力していた。

柔軟体操から始めているが、身体を少し曲げただけで地獄《じごく》の果てから逃《に》げ出すような悲鳴を上げては許しを請《こ》う次第《しだい》だ。因《ちな》みにジュリア様は屈伸《くっしん》運動で膝をやってしまったらしい。ジュノバン伯爵家のコックよりも硝子《ガラス》の膝だった。

これはどうしたものかと師匠であるタニアに視線を送ると、ニッコリと微笑まれた。

「根性《こんじょう》あるのみ！　ですよ！」

「……だそうですわ。しかし、負荷《ふか》のかけすぎも身体には悪そうですわね。お二人にはまず減量していただいた方が良いわ。タニア特製のミックスジュースで置《お》き換《か》えダイエットを……」

「ひえぇぇぇぇ！　青い、このジュース青いですわよ！　な、生臭《なまぐさ》いですわ――！」

「美容効果もありますわ。さあ！　ぐいっと！」

お二人の鍛錬は始まったばかりだ――。

「ルイーゼ様、お聞きになりました？　あの男爵令嬢は……」

「ルナリア様、余裕がありそうですわね。今日は少し荷重を……」

「何でもありませんわ！」

一週間ほどでルナリア様もジュリア様も噂話や悪口を言う頻度《ひんど》が減ってきた。第二王子の婚約者の友人という称号《しょうごう》がよほど欲しいのか、お二人とも根性を見せ、鍛錬の効果が出始めていた。

このまま『悪役令嬢』仲間皆で頑張れば、今度こそ頭の上に浮かぶ文字も変わるかもしれない。

「さあ、動くことに身体が慣れれば、このような高度なダンスのステップも踏むことができますわよ」

ただの鍛錬だけではなく、淑女としての嗜《たしな》みも忘れない。

タニアに男性パートを踊《おど》ってもらい、軽《かろ》やかにステップを踏む。淑女の社交にはダンスが必須《ひっす》なので、ルナリア様もジュリア様も目を輝かせて私達のダンスを見ていた。

「す、凄い……！　息切れもせず、難しいステップをこんなに軽やかに……」

「私達もこんな風に踊れるでしょうか……」

「勿論ですわっ！　そのためにも、まずはダンスに必要な筋力と持久力をつけましょう。さあ、走りますわよっ！」

「「はいっ！」」

学園で遠巻きにされていた私に、最初に声をかけてお友達になってくれたお二人。

鍛錬で心身共に磨《みが》き上《あ》げるだけでなく、少しでも恩を返したくて、王子妃教育で培《つちか》ったことを惜《お》しみなくつぎ込むことにした。

そして完璧な淑女にもなって、私達は善行令嬢一派の名を轟《とどろ》かせるのよ！

「ルイーゼお嬢様は何を目指しているのでしょうか……」

夕陽《ゆうひ》に向かって走る私達を、侍女のマリィがかなり引いた目で見ていた。

ジュノバン伯爵家で行うルナリア様とジュリア様の鍛錬は毎日行えるわけではない。やはり貴族のご令嬢だし、放課後には用事もあるからだ。そこで、定期的なスケジュールを確保するため、学園でも鍛錬できるように取り計らった。

「ということで、学園長には許可を頂きました！　学園の訓練場で隙間時間に鍛錬ですわ！」

「「えええええええっ!!」」

『王立学園　学園長（痔《じ》が痛い）』が頭の上に浮かんだ学園長に、巷《ちまた》で人気のふわふわ円座クッションと、お父様の伝手《つて》で入手した痔の特効薬をお渡ししたところ、快く許可を頂けた。

学園の敷地《しきち》内には、幾《いく》つかの訓練場がある。剣術だったり、魔術《まじゅつ》だったり、専門的な訓練が行えるように、学園が許可した学生には使用権が与《あた》えられるのだ。

「さあ！　ルナリア様、ジュリア様！　鍛錬部の発足《ほっそく》です！」

「「ひえぇぇぇぇぇぇぇ」」

ルナリア様とジュリア様と始めた鍛錬は、結構本格的になってきたので『鍛錬部』と勝手に命名した。我ながら良い名称《めいしょう》だと思う。

歓喜《かんき》の声を上げるお二人を見ると、学園長に頼み込んで良かったと心から思えた。学園なのでタニアがいないことだけが少し寂しいが、長年鍛錬を積んできた私だけでも、きっとお二人の力になれるはず。

「お二人に喜んでいただけて良かったですわ。色々とメニューを考えてきましたのよ。学園では人目に触れてしまいますから、お二人が恥《は》ずかしがらないよう、重りを付けながらのお茶会など淑女擬態《ぎたい》訓練を……」

「しゅ、淑女擬態……⁉」

「さあ！　今日も頑張りましょうね！」

手始めに訓練場の外周をする私の後ろを、ルナリア様とジュリア様は悲鳴を上げつつ、付いてきてくれた。

「……あいつら、何やってんだ？」

一方その頃、隣の訓練場で剣術の訓練をしていたダルク・メルディスは、ルイーゼ達を眺《なが》めていた。

「ダルク様ぁ！　訓練お疲《つか》れ様《さま》です！　これ、タオルと飲み物、よかったらどうぞー！」

「あ、ああ……ありがとな」

噂のピンクブロンドの男爵令嬢ピクセル・ルノーがダルクに付きまといながら、にっこりと笑む。しかし、ダルクの視線の先に気付き、

「悪役令嬢と取り巻きが訓練？　悪役令嬢、脳筋にでもなっちゃったのかな。ま、いっか！　私には関係ないし、攻略の方が大事だもんね！」

誰にも聞こえないように、そう呟いていたのだった――。

カキン、カキンと剣《けん》同士がぶつかる音が聞こえる。男子生徒は剣術の授業のようだ。女子生徒は淑女教育の一環で庭園に移動する途中《とちゅう》だった。

男子生徒の剣術の様子を横目で見つめながら令嬢達は黄色い声を上げる。

「ああ！　やはりメルディス様は素敵ですわ！」

「王子殿下のあの身のこなし、光る汗、目が眩みそうですわっ！」

シルヴィール様とダルク・メルディス様が手合わせ中で、私も視線を向ける。確かに絵になる二人である。

騎士団長のご子息であるダルク・メルディス様と互角《ごかく》に剣を交えているシルヴィール様

の剣の腕《うで》に少し見惚れてしまった。タニアが以前、幼いシルヴィール様が並々ならぬ努力を重ね、剣術の訓練をしていたと教えてくれたことを思い出す。その後もきっと鍛錬を続けていたのだと思うと、何だか感慨深《かんがいぶか》い思いがした。

昔を思い出し胸を熱くしていると――

「危ないっ!!」

違《ちが》う方向から弾《はじ》き飛ばされたらしい剣が、勢いよく女生徒の方へ向かって飛んでくるのが目に入った。

「き、きゃぁぁぁぁぁぁぁ――――」

動けなくなりその場で固まっているのは、いつぞやのピンクブロンドの男爵令嬢ピクセル・ルノー様だった。

考えるより先に身体が動いた。すぐ傍《そば》の倉庫に立てかけてあった木剣《ぼっけん》を手に取り、クルクルと回って落ちてくる剣をそのまま薙《な》ぎ払《はら》った。

「怪我はないかしら?」

そう言って腰《こし》が抜けたようにしゃがみ込んでいる彼女に手を差し出す。

「……え? なんで?」

彼女は物凄く驚いていた。そして私の手を取ることなく、心からガッカリしたようにしょんぼりと俯《うつむ》いた。一体どうしたのだろうかと心配になる。座り込んでいる彼女を気遣っていると、周りから「きゃあああ」と、黄色い声が上がった。

「か、格好いい……」

「まるで騎士様みたいに素敵ですわ！」

何故か女生徒達に囲まれてしまった。

「いいえ、剣術を少し嗜んでおりまして。誰も怪我がなくてよかったですわ」

「まあ……！」

なんだか皆の目がときめいているように見えるのは気のせいかしら？

今まで遠巻きだった貴族令嬢達の態度がいきなり好意的に変化したのに吃驚《びっくり》しつつも、これは善行令嬢への一歩なのではと思い至り少し嬉しくなる。

「ルイーゼっ！　大丈夫かいっ⁉」

そんな中、剣を飛ばしてしまったらしい顔を真っ青にさせた男子生徒とシルヴィール様達が此方《こちら》へ駆《か》け寄《よ》ってくる。

「大丈夫ですわ。誰一人怪我はありません。しかし、剣の柄《つか》はしっかり握《にぎ》っていませんと、このような事故に繋《つな》がりますわ。よろしければ私と一緒に鍛錬を……」

「鍛錬は私とダルクがしっかりつけるから大丈夫だよ。もう二度と剣が手から離れないように……ね」

「ひ、ひえぇぇ、申し訳ございませんでしたぁぁ！」

男子生徒は泣きそうな表情で謝り倒《たお》し、ダルク・メルディス様に剣と共に回収されていった。

「君が無事で良かったよ。剣の前に飛び出していくから吃驚したけれど……」

「ご心配をおかけしました。でも剣術は得意ですの！」

「……そう、でも危険なことはしないでね」

婚約者として心配しつつも釘《くぎ》を刺《さ》してくるシルヴィール様に、王子妃として品位のある行動じゃなかったかしらと、少し反省する。

「はい。肝《きも》に銘《めい》じますわ」

「うん。約束だよ。学園側にも、生徒を危険に晒《さら》した監督《かんとく》責任と今後の予防策を立ててもらわなければいけないね。先生と話し合ってくるよ」

何故か、背筋が寒い気がした。先生、頑張ってくださいねと応援《おうえん》したくなる。

「えーっ、危険から護ってもらえるラブハプニングイベントなのにどうして⁉　悪役令嬢ってあんなに動けたっけ？　生粋《きっすい》のお嬢様設定のはずじゃ……。もしかしてあの謎《なぞ》の脳筋トレーニングの効果？　悪役令嬢キャラ迷走《めいそう》してない⁉」

後ろで座り込んだまま、ピクセル・ルノー様はボソボソと何かを言っていた。

あの剣が飛んできたのを回避した件以来、私は女生徒に好意的に受け入れられるようになった。

鍛錬にも一緒に参加したいと申し出てくれる女生徒達もちらほら出てきて、ルナリア様もジュリア様も後から参加した令嬢達に後《おく》れを取るわけにはいかない、と熱心に鍛錬に励《はげ》むようになってきていた。まあ、新たに参加したご令嬢は一回参加して以降は『鍛錬よりも応援に回ります！』と言われることの方が多いのだけれども。

ルナリア様とジュリア様は噂話や悪口を言う余裕がなくなってきたのか、彼女達から負の感情を聞くことはない。

身体も引《ひ》き締《し》まってきたし、いい傾向《けいこう》ですわ！

希望に満ち溢れていると――

「なあ、ずっと気になってたんだけど、あんたら何してんだ？」

『攻略対象　騎士団長の息子（猫耳に弱い）』を頭の上に浮かべたダルク・メルディス様が話しかけてきた。

「まあ、ごきげんよう。メルディス様。鍛錬ですわ。悪から善へなるために、彼女達と鍛錬してますの」

「……。よくわからないけど、あれじゃ逆に身体壊《こわ》すぜ。負荷をかけすぎ」

さすが、将来の騎士団長候補ですわね！

猫耳を愛する変態さんですが……、ここは助言を頂きたいところですわ。

「そうですか。ところで猫耳はどうしてお好きなんですか？」

あ……、自然と一番気になっていたことが口から出てしまった。

「ええっっっっ⁉」

ダルク・メルディス様、驚いてますね。

ごめんなさい。だって気になりすぎるんですもの。

「そ、そうか……、『透視《とうし》の能力』か。え？　そんなところまで見えるの？　っていうかどこまで見えてるの？」

シルヴィール様の側近である彼には私の異能である『透視の能力』は知られているようだ。狼狽《うろた》えるダルク・メルディス様に、思わせぶりに微笑んでみる。

「協力、していただけますか？　彼女達の鍛錬に」

「……わかった……」

ダルク・メルディス様は諦めたように承諾《しょうだく》してくれた。

こうして私達の鍛錬に、優秀なアドバイザーであるダルク・メルディス様が加わった。

「それで、今はどんなトレーニングを行ってるんだ？」

「走り込みに、護身術稽古《げいこ》を少々、淑女擬態訓練と称《しょう》して、ダンスの練習や、優雅《ゆうが》なお茶会と見せかけ、座りながら足を浮かす筋肉トレーニングをしたりしていますわ！」

得意げに言い切った私にダルク・メルディス様は深いため息を吐いた。

「なんだその過密訓練は……。一気に色々しても筋肉がバラバラに鍛えられてバランスが悪くなるぞ。今度負荷が多すぎないバランスの取れたメニューを作ってやる」

「「ありがとうございますぅぅ！」」

いつの間にやってきたのか、ルナリア様とジュリア様が瞳を潤《うる》ませながら、ダルク・メルディス様を歓迎《かんげい》するのだった。

幕間　王子、思案する

そう彼女に言われ、惹《ひ》かれ始めてから何年も経過した。ルイーゼのことを知れば知るほど、その魅力《みりょく》に嵌《はま》ってしまっている自分がいた。

『完璧《かんぺき》な第二王子』の仮面を被《かぶ》り続ける日々が続く中、彼女の前だけでは簡単にその仮面が剝《は》がれ落《お》ちそうになり、気を引《ひ》き締《し》めるのが大変だった。誰《だれ》にでも平等であれ。そう教え込まれたが、ルイーゼだけはいつでも『特別』だからだ。

ルイーゼの護衛が男だと聞くと心の底に黒い炎《ほのお》が灯《とも》ったように感じ、すぐさま王宮近衛《このえ》騎士《きし》であるタニア・マーズレンをジュノバン伯爵《はくしゃく》家に送り込んだ。

『ルイーゼの護衛をするように。家族以外の男を決して近付けず、情報は逐一《ちくいち》報告すること』

『──ちょろい？』

そう命じていることをルイーゼは知らないだろう。優秀《ゆうしゅう》な女騎士であるタニアの報告がいつからかルイーゼと共に行った鍛錬《たんれん》についてが主になってきたのは予想外だったが。

王子妃《おうじひ》教育も音を上げず真摯《しんし》に取り組み、鍛錬に励《はげ》み、善行を惜《お》しみなくする。幼い頃《ころ》に一緒《いっしょ》にした約束を守ろうと、有言実行する彼女を愛おしく想《おも》うと共に、自分も彼女に相応《ふさわ》しくありたいと、第二王子の仮面を被り完璧な婚約者《こんやくしゃ》であり続けた。

クルクルと変わる表情をずっと見つめていたくなるし、独《ひと》り占《じ》めしたくなる。甘やかし、ずっとこの胸の中に閉じ込めてしまいたい。誰にも触《ふ》れさせたくないという独占欲《どくせんよく》が湧《わ》き、異能者を保護する名目でずっと伯爵家に隠《かく》し、社交界からも遠ざけてきた。

自分でも過保護だと思うくらいに大切に囲ってきたが、学園への入学は避《さ》けられず、ついに人前に出ることになってしまった。

私が囲い込んだせいで貴族の友人もいない彼女の学園生活を心配していたが、彼女は自分で友人を作り、先ほども剣技《けんぎ》でクラスメイトを魅了《みりょう》していた。流石《さすが》はルイーゼだと誇《ほこ》りに思いつつも、私以外の男から好かれても困るから牽制《けんせい》は忘れなかった。

蜂蜜《はちみつ》色の陽の光を集めたような髪《かみ》に、キラキラと好奇心《こうきしん》で揺《ゆ》れ動《うご》く宝石のような緋色《ひいろ》の瞳《ひとみ》。年々花開くように美しくなっていくルイーゼに余計な虫が付かないように裏から手を回したが、彼女は気付く気配もない。

王族として誰にでも平等に接するために、徹底《てってい》して彼女を特別扱《とくべつあつか》いしないようにと心がけなければならない上に、ここ数年は諸事情があり彼女と交流を持つことさえできなかった。その弊害《へいがい》として、彼女に全く意識されないという困った事態に陥《おちい》っている。

私に向ける視線には全く恋《こい》だの愛だのという熱を感じない。むしろ護衛であるタニアへの視線の方が熱を含《ふく》んでいる気がしてならない。

日々魅力的になっていく彼女を逃《のが》すつもりなど一切《いっさい》ないけれど。

「おい、お前の婚約者、放課後に学園の訓練場で鍛錬してたぞ。しかも鍛錬に協力してくれって言われたんだが……」

「放課後に鍛錬……？　ルイーゼはやっぱり面白《おもしろ》いね」

ダルクにそう報告され、私は幼い頃に手のマメについて話していたルイーゼが脳裏《のうり》に浮《う》かび、つい笑《え》みが零《こぼ》れる。そんな私をダルクは信じられない様子で凝視《ぎょうし》してきた。

「シルヴィール、お前ジュノバン伯爵令嬢《れいじょう》のこと、本気なんだな。あの胸元《むなもと》のブローチ、『王家の秘宝《ロイヤル・ブルー・サファイア》』だろう？　王家の者しか付けることが許されない秘宝を簡単に婚約者に渡《わた》すところが……お前だよな。誰もあれじゃ手出しできないだろう」

「当たり前だ。手出しなどさせるわけがない。ダルク、お前に頼《たの》みたいことがある」

「嫌《いや》な予感しかしない……」

「否と言わせるわけがないだろう？」

幼い頃から共に育った幼馴染《おさななじ》みでもあるダルクに私は目を細めた。

手に入れたいものは過去も現在も一つだけ――。

「ルイーゼを警護してほしい。交流もあったようだしちょうどいいかな。学園では護衛が付かないから、心配なんだ。勿論《もちろん》、彼女と親密になるのは許さないけどね」

「……お前が直接護《まも》ってやれよ。適任だろ？」

「婚約者といえども、表立って彼女だけを特別扱いはできないし、私の周りも安全とは言い切れないだろう？」

そう、できるならば自分の手で護りたい。いっそ誰の目にも触れないよう閉じ込めて私だけのものにしてしまいたいが、それは現実的ではない。

入学式の日、彼女の様子は明らかにおかしかった。ダルク達の頭の上を見つめながら挙動不審《ふしん》になっていた姿を思い出す。きっと何か重要な文字を見てしまったに違《ちが》いない。

それに、兄上が留学でナイル王国に不在の今、第二王子である私の周りは陰謀《いんぼう》や策略が渦巻《うずま》き、平和とは言い切れない。

学園は社交界の縮図だ。安全を謳《うた》っていようが、第二王子妃の座を巡《めぐ》ってルイーゼが危険な目に遭《あ》う可能性も捨てきれない。その面では、ダルクに警護を依頼《いらい》するのが一番安全だろう。

「頼んだよ、ダルク」

「あ――、わかったよ。……お前に好かれたジュノバン伯爵令嬢が気の毒でならないな」

最後にダルクがポツリと漏《も》らした言葉は、聞かなかったことにしたのだった――。

第二章　悪役令嬢、王子を観察する

「最近のルイーゼは何やら楽しそうだね」

いそいそと授業の後に鍛錬部《たんれんぶ》について構想を練っていると、シルヴィール様に声をかけられた。鍛錬部に夢中で、そういえば久々にシルヴィール様とお話ししたなと思い至る。

「はい！　学園にも慣れてきましたし、友人もできて楽しいですわ」

「……そう。それは良かったね」

シルヴィール様はそう言ってにっこりと微笑《ほほえ》んだ。

「シルヴィール様は執務《しつむ》がお忙《いそが》しそうですわね」

「ああ、そうだね。でも学園生活も楽しみたいから、できるだけ学園には来られるよう調整しているんだ」

王太子であるシュナイザー様が留学している今、シルヴィール様が担《にな》う執務は私には想像できないくらい多岐《たき》にわたるのだろう。少し疲《つか》れている様子だし、仕事ばかりで休息がとれていないのではと心配になる。息抜《いきぬ》きができればと思い、

「シルヴィール様。もしよろしかったら、一緒《いっしょ》に帰りませんか？」

と誘《さそ》ってみると、一瞬《いっしゅん》目を丸くして驚《おどろ》いたような表情になり、またいつものお人形のような綺麗《きれい》な顔に戻《もど》る。

「ありがとう、ルイーゼ。でも──」

シルヴィール様は外に視線を巡《めぐ》らせ、少し残念そうにこちらを見た。

「ごめんね。今日は用事があるんだ」

「そうですか。お忙しいのにすみませんでした。また機会があればご一緒してください。……無理はしないでくださいね」

何故《なぜ》かズキンと胸が痛んだ。……学園に入ってシルヴィール様と顔を合わせる機会が増えたから気付いたのだが、月に一度のお茶会があった頃《ころ》とは違《ちが》い、なんだか一線を引かれている気がする。何か私がしたのだろうか、それとも別の理由が……？

残念な気持ちを隠《かく》して微笑みながら、教室から出ていくシルヴィール様を見送った。

「おい、シルヴィール……って、なんだこれ……」

地面に何匹《なんびき》もの犬の姿をした魔獣《まじゅう》が転がっており、ダルクが来た瞬間《しゅんかん》に黒い霧《きり》となって消えた。唯一《ゆいいつ》その場に立っているシルヴィールは、不機嫌《ふきげん》そうにダルクを見つめ返した。

「術によるものだろう。懲《こ》りずに何回も手を替《か》え品を替え狙《ねら》ってくるが、黒幕は尻尾《しっぽ》を出さない」

「魔獣を一瞬で殲滅《せんめつ》させるお前が一番怖《こわ》いがな……。で、なんでそんなに不機嫌なんだ？　いつもは余裕《よゆう》そうなのに」

「こいつらのせいで、ルイーゼと帰る機会を失ったんだ。地獄《じごく》に堕《お》としても気が済まない」

絶対零度《れいど》の怒《いか》りに、ダルクは苦笑いする。四六時中、暗殺の危機にありながらも、怒《おこ》る理由は愛《いと》しい婚約者《こんやくしゃ》に関わることばかりなのだ。

「必ず黒幕を見つけ、生きていることを悔《く》やむほどの罰《ばつ》を与《あた》えよう」

ぞっとするような仄暗《ほのぐら》い笑《え》みを浮《う》かべるシルヴィールにダルクはちょっと引きながらも、少し心配になる。ここ数日は魔獣の襲来《しゅうらい》が多く眠《ねむ》れていないはずだ。

「無理だけはするなよ。全く休めてないんだろう？」

「心配など無用だ。というか、ダルク。最近ルイーゼと距離《きょり》が近すぎない？」

「ふ、不可抗力《ふかこうりょく》だ！　警護しろって言ったのはお前だろう？　それに鍛錬仲間として関わっているだけだ。彼女とは何もない！」

「鍛錬仲間か……息の根止めてもいい？」

「物騒《ぶっそう》だなっ！　一緒に鍛錬してるくらいで目くじら立てるなよっ！　彼女とは本当に何もない！　ねえ、本気で剣先《けんさき》向けるのやめて！」

シルヴィールの目は本気だった。幼い頃からシルヴィールの側近として共に育ってきたが、こいつの婚約者への執着《しゅうちゃく》は異常だとダルクは冷《ひ》や汗《あせ》を流す。

いつも余裕そうな幼馴染《おさななじ》みが最近は荒《あ》れているように思うのは気のせいだろうか。

最近は国の内部もシルヴィールの周辺もどうもきな臭《くさ》い動きを見せている。学園ではまた別の厄介事《やっかいごと》も起こっているようだし。そんな状況《じょうきょう》では身動きが取りにくいのだろうとダルクは同情した。

「そろそろ……我慢《がまん》の限界だな」

「は？　何か言ったか？」

「いいや、羽虫が最近煩《わずら》わしいほど飛んでいるから、駆除《くじょ》が必要かなって」

腹黒そうな笑みを浮かべながら言い捨て、シルヴィールは、そのまま学園を後にした。

ダルクは嫌《いや》な予感がしながらも見送るのであった。

今朝は早めに学園に向かい、授業前に鍛錬部へと顔を出す。

鍛錬用の服に着替《きが》え、髪《かみ》をポニーテールに括《くく》った。

朝の澄《す》んだ空気を吸い込みながら鍛錬場を走っていると——

「ダルク様、おはようございます！　放課後、一緒にカフェに行きませんか？　最近とっても美味《おい》しいところを見つけたんです！」

「お、おう。随分《ずいぶん》早いな。カフェは俺以外と行った方が楽しめるんじゃないか？」

「えー！　ダルク様と一緒に行きたいんです！」

ダルク・メルディス様に纏《まと》わりつくピクセル・ルノー様の姿が見えた。

二人とも朝が早くて感心だが、ダルク・メルディス様は完全に困っている表情である。

鍛錬仲間を放っておくのも人としてどうかと思い、二人の下《もと》へと歩を進めた。

「あら、メルディス様も朝練ですか？」

「っ！　そう、俺には朝練があるから、その話はまた今度にしてくれ」

「え、なんでダルク様と悪役令嬢《れいじょう》が⁉　……ダルク様、明日こそカフェに行きましょうね！」

最初にボソリと言われた内容は聞き取れなかったが、ピクセル・ルノー様は諦《あきら》めてその場から去っていった。残されたダルク・メルディス様は安堵《あんど》の息を吐《は》いている。

「……助かった。正直最近付きまとわれて困っていたんだ。俺はカフェにも放課後のおしゃべりにも興味は全くないからな」

「そうなのですね。お困りかと思い勝手にしゃしゃり出てしまいましたが、お役に立てて良かったです。口実で朝練にお誘いしましたが、お暇《ひま》なら一勝負いたしません？」

「ああ、受けて立とう！」

鬱憤《うっぷん》を晴らすかのように木剣《ぼっけん》で打ち合う。

「令嬢にしては鋭《するど》い剣捌《けんさば》きだっ！　だがまだ脇《わき》が甘いなっ！」

「お褒《ほ》めいただき光栄ですわっ！　……あ、猫耳《ねこみみ》！」

「ええっ⁉」

スパァアンとダルク・メルディス様の木剣を弾《はじ》き飛《と》ばした。手加減してくれていたとはいえ、隙《すき》を見せるなんてまだまだ甘いですわね。

「……卑怯《ひきょう》じゃないか？」

「勝負においては使える武器は惜《お》しみなく使う主義ですの！　そうだ、鍛錬部の特別顧問《こもん》になっていただけませんか？　そうしたら放課後のカフェを断る口実もできますわよ」

「……仕方ない。騎士《きし》に二言はない！」

部活には顧問が付き物なので、アドバイザーとして協力いただいているダルク・メルディス様に白羽の矢を立てたのだ。

「ありがとうございます。メルディス様！」

「……ダルクでいい。畏《かしこ》まられると何だか堅苦《かたくる》しい……」

そうぶっきらぼうに言われ、ダルク・メルディス様らしくてつい笑ってしまう。

「では、ダルク様。私のこともルイーゼとお呼びください」

「わかった。……って、やばい、シルヴィールに殺されるかな……」

最後の辺でボソリと言ったダルク様の言葉は聞き取れなかった。

一先《ひとま》ず朝練はここまでとして、二人で休憩《きゅうけい》用のベンチに腰《こし》を下ろし水分補給をする。

「それにしても、あの令嬢は一体何なんだろう……。俺も含《ふく》め、四六時中誰《だれ》かしらを追い回しているし。全く……俺なんかに付きまとって何の得があるんだか……。凄《すご》いのは俺の親父《おやじ》であって、俺はただの騎士の端《はし》くれだ……」

そうポツリと呟《つぶや》いたダルク様の表情が少し陰《かげ》った気がして、私は思いっきり顔を上げてダルク様と向き合った。

「ダルク様はご自身の魅力《みりょく》をわかっていませんのね。その鍛《きた》えられた身体《からだ》はダルク様の鍛錬の結晶《けっしょう》。磨《みが》き上《あ》げた剣術《けんじゅつ》は努力の賜物《たまもの》ですわ。ただの騎士の端くれではありませんわ！　素晴《すば》らしい騎士の端くれです！　鍛錬仲間として、胸を張って言えますわ！」

息巻《いきま》いてそう言うと、ダルク様は目を丸くして驚いた表情になった後、ふっと笑いを零《こぼ》した。

「……『端くれ』であることは変わらないんだな」

「こ、言葉の綾《あや》ですわっ！　えっと、端くれというかっ――」

「騎士団長の息子《むすこ》としてではなく、身体や努力を褒められたのは初めてだ。……全く、ルイーゼ嬢《じょう》は面白《おもしろ》い。流石《さすが》はシルヴィールの婚約者だ」

柔《やわ》らかく微笑むダルク様は、何やらスッキリとした顔をしていた。有名なお父様を持つことは大変なのかもしれませんね。きっとダルク様ならば立派な騎士様になれますわ！

「ピクセル・ルノー様は、もしかしたら鍛錬にご興味があり、鍛錬に交ざりたくてダルク様に付きまとっているのかもしれませんわね」

「やめてくれ！　鍛錬まで一緒かと思うと胃が痛くなってくる……」

必死に阻止《そし》しようとするダルク様が可哀想《かわいそう》になってくる。

「俺のことは置いておいて、ルイーゼ嬢は……いいのか？」

「え？」

「シルヴィールもあの男爵《だんしゃく》令嬢に付きまとわれているんだぞ。シルヴィールに手作りの菓子《かし》を渡そうとしたり、いきなり抱《だ》き着《つ》こうとしたり……。あいつは上手《うま》く躱《かわ》しているが、婚約者だろう、気にならないのか？」

そんな情報を初めて聞いて、吃驚《びっくり》してしまう。一国の王子にまさかそんな不敬まがいのことを堂々としているのだろうか。別の意味で心配だ。でも、それが許されているのは、シルヴィール様が許しているという意味で――

「全く、何とも思いませんわ。シルヴィール様が全ての方に平等に優《やさ》しいのはいつものことですもの」

シルヴィール様に『特別』はない。婚約者であろうと、庶民《しょみん》であろうと、彼の態度は変わらないし、学園で起こったことを不敬などと騒《さわ》ぎ立てるのも好まないと思う。シルヴィール様がそう判断されているのなら、私に言えることなどないのだ。

「あいつも報《むく》われないな……」

「え？　なんですか？」

「いや、何も言ってない」

「そうですか？　あの、それよりもダルク様。シルヴィール様の執務はかなりお忙しいのでしょうか？」

ピクセル・ルノー様については一旦《いったん》考えるのはやめ、最近シルヴィール様がどことなく元気がないように見えたので、ダルク様ならば何か知っていないかと聞いてみた。

「……まあ、厄介なことがあってその対応で大変そうだな」

厄介なこと――。

詳《くわ》しくは教えてくれそうもない空気を醸《かも》し出《だ》しているダルク様にこれ以上聞くのは難しそうだと諦めた。そんな私にダルク様は少し申し訳なさそうに微笑む。

「シルヴィールを気にかけてやってくれ」

「わ、わかりましたわ」

ダルク様の言葉に頷《うなず》き、シルヴィール様をよく観察することを心に決めたのだった。

そして翌日……じーっとシルヴィール様の行動を観察する。

やはり、様子がおかしい気がする。

常に湛《たた》えた微笑《びしょう》は変わらないけれども、何だか元気がないように感じる。ダルク様が厄介なことの対応で忙しいと言っていたが、もしやあまり眠れていないのでは？

よく見れば、隈《くま》ができているではないか。

「シルヴィール様」

「……え、何か言ったかな、ルイーゼ」

声をかけても反応が鈍《にぶ》い。周りは気付かないほどの些細《ささい》な変化だが、物心ついた時から共に過ごしてきたからこそわかる。きっと誰にも頼《たよ》ろうとしないであろう彼が本気で心配になり、つい呼び止めてしまった。

「あの、大丈夫《だいじょうぶ》ですか？　体調が優《すぐ》れないのでは？」

「……、大丈夫だよ。最近忙しいからかな。体調はいつもと変わらないから、心配しなくてもいいよ」

――これ以上踏《ふ》み込まないように……また線を引かれたように思えたが、彼を放っておけなかった。

「し、心配です！　次の授業まで休みましょう」

「ルイーゼっ!?」

無理やりシルヴィール様の手を握《にぎ》り、教室から引っ張り出した。人に弱みを見せたくない彼は医務室では休めないだろうと判断し、人通りが滅多《めった》にない裏庭のガゼボまで連れ出した。裏庭には人目がないだけに強固な護《まも》りの結界も張られているので安全安心だ。

「さあ！　少し休んでください。私の膝《ひざ》を枕《まくら》にどうぞ！」

「……っ!?」

躊躇《ちゅうちょ》するシルヴィール様を無理やり寝《ね》かしつける。強引《ごういん》だったかな、と心配になったが、よっぽど体調が悪かったのか、戸惑《とまど》いながらも私の膝を枕にして横になってくれた。

暫《しばら》くするとすやすやと寝息が聞こえてくる。星空のように綺麗なサラサラとした髪《かみ》をそっと梳《す》いてみる。前髪で隠れていた彼のあどけない表情が見え、胸がドキリと音を立てた。

なんだか懐《なつ》かしい気持ちになり、心が落ち着かない。久しぶりに子どもの頃のような、本当のシルヴィール様が見られて……嬉《うれ》しい？　昔のように、完璧《かんぺき》でない面を見せてくれたことに、ホッとしている？

いやいや、雑念は捨てないと。私はシルヴィール様の婚約者として彼の体調管理の一環《いっかん》で膝を貸しているのよ！　今の私は枕。それ以上でも以下でもありませんわ！

悶々《もんもん》としながら過ごしていると、シルヴィール様が目を覚ました。少し睡眠《すいみん》をとれてスッキリしたような表情で、いくらか顔色も戻っていた。むしろ血色が良い気もする。

「ありがとう、ルイーゼ。お陰で休めたよ」

「いいえ！　婚約者として当たり前の責務を果たしたまでですわ」

「……そう。『責務』──ね。……では教室へ戻ろうか」

一瞬シルヴィール様の周りの温度が一気に下がったような錯覚《さっかく》を抱いた。

この感覚は、幼少期以来のアレ！

もしかしたら怒らせたかもしれないと怯《おび》えたが、いつものお人形のような微笑みに戻ったので、気のせいだと思うことにした。

鍛錬部でせっせと頑張《がんば》る日々、『悪役令嬢（破滅《はめつ》する）』は相変わらず私の頭の上に浮かんでいる。もはや鍛錬を積んだところでこの文字は変わることはないのだろうか。

ルナリア様やジュリア様は日に日に逞《たくま》しくなっていくけれど、あの二人の上に浮かんでいる文字も変わらない。

「何やら考え込んでいるのかな、ルイーゼ」

「シルヴィール様」

先日のお礼とのことで、学園内の王族専用の控室《ひかえしつ》で今日はお茶会をすることになった。

久々のシルヴィール様と二人きりのお茶会で少し緊張《きんちょう》してしまうが、『攻略《こうりゃく》対象 第二王子（ちょろい）』を頭の上に浮かべたシルヴィール様は、特に緊張した様子もなく優《ゆう》雅《が》に紅茶を飲んでいる。

「この間は悪かったね、私の体調で君に心配をかけてしまった」

「い、いえ！　大丈夫ですわ」

「体調も戻ったし、もう君に心配はかけないよう、心がけるよ」

ニッコリと微笑むシルヴィール様に私は胸が何故かズキンと痛む。

私が枕に徹《てっ》したあの日、昔のような関係に戻れた気がして嬉しかったのに、もう一度線を引かれた気がする。

完璧な第二王子に戻ってしまったシルヴィール様を少し遠く感じた。

「ルイーゼ？」

「いいえ、何でもありませんわ。体調が戻られて良かったです」

心に湧《わ》いた少しの寂《さび》しさを呑《の》み込むように、紅茶に口を付けた。大丈夫、だって私とシルヴィール様は政略的な関係だもの。この距離がちょうど良いのですわ。

気を取り直して、お互《たが》いの近況《きんきょう》を報告した。学園生活や鍛錬部についても報告すると、シルヴィール様はティーカップを置き、ニコリと微笑む。

「最近はダルクとよく一緒にいるみたいだね」

「ええ。鍛錬部の特別顧問として友人の鍛錬を手伝ってもらっているのです。色々アドバイスを下さり、心強いのですよ」

「そう……。君の友人はフォレスター令嬢とレインデス令嬢だったかな。最近は悪い噂《うわさ》も聞かず、美しくなったと評判だね。それに君とダルクが絡《から》んでいたのか」

貴族令嬢の中でも、ダルク様式鍛錬法が流行《はや》り出しているらしい。負荷《ふか》を考えた令嬢向けの鍛錬法であるため、ふくよかな貴族令嬢はこぞって真似《まね》をしているとか。

「ふふふ。身体を鍛えれば心も鍛えられますからね」

破滅を回避《かいひ》して、三人で穏《おだ》やかに過ごせるのが一番ですけど。そのために頑張りますわ！

密《ひそ》かに闘志《とうし》を燃やしていると、百面相になっていたらしく、シルヴィール様はクスリと笑った。

「君は変わらず……面白い。見ていて飽《あ》きないよ」

面白い……ということは、もしかしてシルヴィール様も鍛錬部にご興味があるのかもしれない。ならば、シルヴィール様も一緒に——そう言いかけたところで、

「ルイーゼは、ピクセル・ルノー男爵令嬢と交流はある？」

そう突然《とつぜん》聞かれ、思わず首を傾《かし》げてしまう。

「ありませんが……」

『主人公（あざといヒロイン）』が頭の上に浮かんでいる、ピンクブロンドのふわふわな髪を持つ可愛《かわい》らしい女の子を思い出す。入学式にぶつかったり、剣術の授業中に誤って飛

んできた剣《けん》から護ったりしたことはあるが、これといって彼女と話したことはない。

そういえばこの間、ダルク様が「ピクセル・ルノー嬢がシルヴィール様に付きまとっている」と言っていたことを思い出した。

「彼女は『癒《いや》しの力』の素質があるとわかり、最近ルノー男爵家に養子に入ったらしい。まだ力も弱く、『癒しの力』の発現は確認《かくにん》できていないが、父上が興味を持っていてね。何か変わりがあれば、私に教えてほしいんだ」

——癒しの力……。

万物《ばんぶつ》を癒し、幸福をもたらすと言われる、珍《めずら》しい魔法《まほう》。

その力が発現すれば、ピクセル・ルノー様はあらゆるところから狙われかねない。危険な目に遭《あ》う前に保護したいのだろうか。ならば善行令嬢である私の出番ですわね！

「わかりました。意に留めておきますわ」

「ああ、よろしく頼《たの》むよ。私も彼女に少し興味があってね」

「え……」

シルヴィール様の言葉に私は目を見開いた。今まで、シルヴィール様は誰に対しても平等であり、誰かに興味を惹《ひ》かれる姿を見たことなどなかった。

ピクセル・ルノー様はシルヴィール様の『特別』になったりするのだろうか……？

心にポツリと黒い染《し》みができたような気がして、慌《あわ》てて振《ふ》り払《はら》う。シルヴィール様に心から思う相手ができるならば、めでたいことではないか。

私との婚約を無理に続行する必要はない。『異能持ち』の私は別の方法で保護し、シルヴィール様は自分の気持ちを尊重した婚約を結んでもいいのだから。

元々、身に余る婚約をお断りしたいと思っていたのは自分の方だ。

それが叶《かな》うかもしれないのに、動揺《どうよう》する方がおかしい。

ブンブンと頭を振って、シルヴィール様に微笑み返した。

「ルイーゼ？」

「私にお任せくださいませ！　さあ、頂きませんか？　お菓子も美味しそう」

「……そうだね」

何か言いたげなシルヴィール様に気付かない振りをして、焼き菓子に手を伸《の》ばす。そうだ、私にできることと言えば、応援《おうえん》あるのみ！

シルヴィール様の幸せのために善行するまで!!

モグモグとお菓子を頬張《ほおば》る私を、シルヴィール様はいつものお人形のような綺麗な顔で見つめていたのだった——。

第三章　悪役令嬢、魔術にかかった王子の甘々攻撃に撃沈する

「おかしいなぁ、全く好感度も上がらないし、攻略《こうりゃく》も進まないんだけど……」

ピクセルは頭を抱《かか》えながら学園内を歩いていた。

ブツブツ独り言を呟《つぶや》きながら歩く彼女を皆《みな》遠巻きにしていく。

本来ならば、『攻略対象』と薔薇色《ばらいろ》の学園生活を送れているはずだった。何故《なぜ》『筋書き』通りにいかないのだろうかと、頭を悩《なや》ませる。

「最初はこんなものなのかなぁ。悪役令嬢《れいじょう》も何だかゲームと違《ちが》うし……。まあ、とりあえずやるしかないよねっ！　『ヒロイン』だしっ！」

そう開き直り、ピクセルは拳《こぶし》を空へと突《つ》き上《あ》げた。貴族令嬢らしからぬ振《ふ》る舞《ま》いに周りの生徒達は眉《まゆ》をひそめるが、ピクセルが気が付くことはなかった。

「さあ、目指せ全ルート攻略！　今日こそ王子様ルートを開くわよっ！」

ピクセルは青々と茂《しげ》る大樹の前で、気合いを入れるのであった——。

「今日は良い天気ですわね。お昼を外で食べるのもいいかもしれませんわ」

太陽の光が眩《まぶ》しく、久々の良い天気に気分が上昇《じょうしょう》する。学生食堂でランチボックスをテイクアウトし、裏庭のガゼボを目指す。

「ルイーゼ？　一人で何処《どこ》に行くんだい？」

「シルヴィール様、ごきげんよう。今日は良い天気なので外でお昼にしようかと思いまして。裏庭に向かう途中《とちゅう》なのです」

「一人で……かい？」

ルナリア様とジュリア様は虫が苦手らしく、裏庭の自然の中で食事は遠慮《えんりょ》したいと、食堂で食べている。私が頷《うなず》くと、シルヴィール様は少し考えた後、

「私も一緒《いっしょ》にいいかな？　婚約者《こんやくしゃ》同士、お昼を共にする時間も必要だよね」

と、有無《うむ》も言わせない空気を出し、何故か一緒に裏庭でランチをすることになってしまった。案の定、裏庭には今日も誰《だれ》もいない。

二人きりでガゼボの中に入り椅子《いす》に腰《こし》かける。ここに二人でいるとシルヴィール様の枕《まくら》に徹《てっ》したことを思い出し少し頬《ほお》に熱が灯《とも》る。シルヴィール様も思い出しているのか沈《ちん》

黙《もく》が流れる。変な雰囲気《ふんいき》を変えるべく、ランチボックスを広げた。

「わぁ！　サンドイッチですね。美味《お》しそう」

「ああ、テイクアウトもいいね。さあ、食べようか」

食べやすいもので良かったと思いながら、二人でサンドイッチを頬張《ほおば》った。

頬張る姿ですら絵になってしまうシルヴィール様を羨《うらや》ましく思いながらも、美味しいサンドイッチを堪能《たんのう》する。

「美味しいですね！　卵とハムの組み合わせが最高ですわ」

「ふふ、小動物のようだね」

「えっ⁉　すみません、つい夢中で食べてしまいました」

二人きりの空気に耐《た》えきれず、モグモグ食べた結果、シルヴィール様に笑われてしまった。淑女《しゅくじょ》として失敗である。

「いや、可愛《かわい》いなと思って……」

「え？　何かおっしゃいました？」

「いいや。何でもないよ。そろそろ行こうか」

いつもの綺麗《きれい》な表情で微笑《ほほえ》まれ、何かを誤魔《ごま》化《か》された気がした。

それにしても、なんと穏《おだ》やかな時間なのか。美味しいランチに他愛ない会話……学園生活は最高ですわ！

そう気分が上がりながら二人で裏庭から出て、校舎までの道を歩いていると――

「きゃぁぁっ！」

学園のシンボルでもある大樹から、人が落ちてきた。

「ひぇっ⁉　な、なんですのっ‼」

「いったぁい……」

驚《おどろ》きながら近寄ると、それはピクセル・ルノー様だった。

「ご、ごめんなさい。仔猫《こねこ》が下りられなくなっていたから助けようとして木に登ったら、落っこちて……。猫ちゃんは無事に下りられたみたいでどこかに行っちゃいましたね。良かったです！」

ね、猫⁉　この学園に猫なんていたかしら⁉

不思議に思いつつも、木の葉だらけになっているピクセル・ルノー様に私もシルヴィール様も手を差《さ》し伸《の》べた。

「だ、大丈夫《だいじょうぶ》ですの？　お怪我《けが》は？」

そう言った私をスルーして、ピクセル・ルノー様は迷いなくシルヴィール様の手を取り立ち上がろうとしたが、顔を歪《ゆが》めた。

「あっ、足をくじいてしまったみたいで立ち上がれない……申し訳ありません。っ、痛いっ」

「まあ！　足が腫《は》れていますわね。お怪我も……大変ですわ！　誰かに助けを……──」

私が助けを呼びに行こうとした瞬間《しゅんかん》、シルヴィール様がピクセル・ルノー様を引き寄せ、そのまま横抱《よこだ》きにした。

「え……──」

「私が医務室に連れていこう。ルイーゼはこのまま教室へ戻《もど》ってくれ」

「きゃぁ！　ありがとうございますぅ！」

顔を赤らめ喜んでいるピクセル・ルノー様を私は直視できずに頷いた。

学園外であれば第二王子であるシルヴィール様が直接手を貸すのは有り得ないだろう。

ただ、ここは今の時間帯は人通りも少ないし、周りに護衛やお付きの者がいないから呼びに行くしかなかったんだけど、まさか直接動かれるなんて……。

平等を謳《うた》うシルヴィール様が、こんな風に誰かを特別扱《とくべつあつか》いするなんて初めて見た。

先日のお茶会でシルヴィール様は彼女に興味があると言っていたから、このようなことをしたのだろうか……？

その日は、シルヴィール様が怪我をした男爵《だんしゃく》令嬢を抱きかかえて医務室まで運んだという噂《うわさ》で持ちきりだった。

「シルヴィール様にあんなことをさせるなんて！」

「不敬だわっ！　恥《はじ》を知るべきよっ！」

「しかも、もう少しタイミングが遅《おそ》ければ、シルヴィール様の上に落ちてきたかもしれないらしいわよ！　ああ、怪我を負わせてしまったらどんなに大変なことになったか……」

「そもそも木登りなんてはしたない……」

　案の定、他のご令嬢達は憤慨《ふんがい》していた。

　たしかに、ピクセル・ルノー様は私達の数歩前に落ちてきたので、タイミングが悪ければ下敷《したじ》きになったシルヴィール様が大怪我を負っていたかもしれない。

　もしもそんなことが起これば、彼女は斬首《ざんしゅ》ものである。

　シルヴィール様への心配と、お手を煩《わずら》わせた失敬さへの怒《いか》り。それだけでなく、初めて聞く特別対応に、ピクセル・ルノー様へ嫉妬《しっと》も入り交じった悪意が向けられ、私はどうしたものかと頭を悩ませた。

　今回は、シルヴィール様の突発《とっぱつ》的な行動だから不敬とはならないだろう。

　しかし、以前ダルク様からも、ピクセル・ルノー様の数々の迷惑《めいわく》行動を聞いていたこともあり、爵位の低い彼女はこのままでは窮地《きゅうち》に陥《おちい》ると予想できた。

　今まで貴族社会ではなく、庶民《しょみん》として市井《しせい》で暮らしてきたのだ。誰かが正していかなければいけない。本当に不敬で罰《ばっ》せられてからでは遅いのだ。

　私は善行令嬢を目指している。ここで見捨てるのは、善行とは程遠《ほどとお》い。

「わ、私が何とかしなければ……」


「ピクセル・ルノー様！　折り入ってお話がありますの」

善は急げで、翌日、私は裏庭にピクセル・ルノー様を呼び出した。

「やっと悪役令嬢のイベントきた――！」

ピクセル・ルノー様は何やら喜んでいる様子。可愛らしいピクセル・ルノー様に苦言を呈《てい》するのは少し気が引けるけど、彼女の未来のためだ。

意を決してピクセル・ルノー様を見つめる。

「ルノー様、このままじゃ、あなた死にますわよ」

「えっ？」

「あなたが心配なのです。ルノー男爵家に養子で入られてから、まだ日も浅いとお聞きしました。貴族社会に慣れないのも仕方ありません」

ピクセル・ルノー様は呆然《ぼうぜん》と私を見つめる。

「ですが、シルヴィール様への言動は改めた方が良いです。今までのような振る舞いを続けると、不敬罪で極刑《きょっけい》になっても文句は言えないかと存じます。この若さで極刑になっても良いとお考えですか？」

「い、いや……、大袈裟《おおげさ》じゃあ……」

「実際に王族の影《かげ》を踏《ふ》んだというだけで極刑になったという例もございます。シルヴィール様はお優《やさ》しいですが、彼の周囲はそういうわけにはいきません……」

ピクセル・ルノー様は言葉を失っていた。

王族と接するとは、そういうことだ。少しはわかってくれたかと思いを馳《は》せていると、

「なんか親身になってくれてる？　そんなわけないか。それに、もう王子様ルートが始まったから関係ないんだけどね」

と、意味のわからないことを言い始めた。私の聞き間違《まちが》いでしょうか？

呆然としていると——

「ルイーゼ様ったら……酷《ひど》ーい！　うわーん！」

何故か大号泣《だいごうきゅう》されてしまった。

淑女が人前で声を上げて泣き出すなど、言語道断である。

これはまずい事態だ。社交界からも追い出されかねない失態をかましているピクセル・ルノー様を目の前にどうしたら良いのか思考を巡《めぐ》らせていると、

「ジュノバン伯爵《はくしゃく》令嬢！　これはどういうことですか！　ピクセルが泣いているではないですか！」

ピクセル・ルノー様の泣き声を聞きつけたのか、『攻略対象　宰相《さいしょう》の息子《むすこ》（変態）』を頭の上に浮《う》かべたルシフォル・エルナーデ様が私と彼女の前に立ちはだかる。

「あら、エルナーデ様、私にもわかりませんの。貴族についてルノー様にお伝えしていただけなのですが……」

「それだけで彼女がこんなに怯《おび》えたような表情になるわけがないでしょう！」

眼鏡をかけた綺麗な顔が怒りに歪んでいる。いつも澄《す》ました顔をしている彼がそこまで感情を露《あらわ》にするのは珍《めずら》しいなと思いつつも、やはり気になるのは、頭の上に浮かぶ『変態』の文字。

ああ、何故変態なのかしら。というか変態ってどのような変態なのかしら。気になりすぎて半分以上ルシフォル・エルナーデ様のお話を聞いていませんでした。

ピクセル・ルノー様とも親密なご様子。もしやお二人は……。

そう邪推《じゃすい》しかけた瞬間、

「うわぁぁん、ルイーゼ様にいじめられました――！」

そう言ってピクセル・ルノー様に指を差される。

ああ、自分より上の立場にある貴族に指を差して大声を上げるなんて……眩暈《めまい》がしますわ……。

その子どもみたいな仕草にルシフォル・エルナーデ様も眉をひそめる。

「ピクセル、その仕草は不敬になります。今すぐジュノバン伯爵令嬢に謝罪をしなさい」

エルナーデ様もそう言わざるを得ないだろう。

さすが宰相のご子息、事が大きくなる前に丸く収めようとする姿に彼の能力の高さを感じた。まあ、私は善行令嬢ですので気にも留めませんし咎《とが》めることもいたしません。

「ルシフォル様のバカー！」

そんなルシフォル・エルナーデ様の出した助け船を瞬時《しゅんじ》に沈《しず》めたピクセル・ルノー様は裏庭から走り去ってしまった。

その後ろ姿をエルナーデ様と一緒に眺《なが》める。

「行ってしまいましたわね……」

「……そうですね」

「彼女はまだ、何も知らなすぎる」

「ええ、だからこそご助言したのですが……私の言葉が足りませんでしたわ」

「先ほどは声を荒《あら》らげてしまい申し訳ありませんでした。あなたも彼女のためを思っての忠告だったのでしょう。私も級友としてピクセルの力になれればと思っています。彼女は清らかで純粋《じゅんすい》で危《あや》うい存在です。……それに調教のしがいがある……」

そう言って微笑むエルナーデ様から私は三歩くらい後ずさった。ああ、なるほど……、そういうご趣味《しゅみ》があるのですね……。

背中を流れる冷《ひ》や汗《あせ》に気づかれないように微笑み返すのであった。


「ルイーゼ様っ！　あの男爵令嬢、よりによってルイーゼ様にいじめられたと吹聴《ふいちょう》しておりましたわ。皆その噂に惑《まど》わされているようです」

「畏《おそ》れ多《おお》いこと……。私達が手を下しましょうか？」

ピクセル・ルノー様に苦言を呈した翌日。

登校してすぐに、ルナリア様とジュリア様が不穏《ふおん》な空気を醸《かも》し出しながら噂の詳細《しょうさい》を教えてくれた。

私が、昨日ピクセル・ルノー様を裏庭に呼び出し、シルヴィール様が彼女を助けたことに激しく腹を立て、嫌《いや》がらせをした。大声で怒鳴《どな》られ、元庶民が王族に近付くなと言われ傷ついた……とピクセル・ルノー様本人が涙《なみだ》ながらに語っていたらしい。

私がピクセル・ルノー様と裏庭に行く様子を見かけた生徒もいるみたいで、傍《はた》から見れば彼女に嫉妬した私が彼女を呼び出し嫌がらせをしているように見え、何も事情を知らない一般《いっぱん》生徒は噂を信じたり、半信半疑だったりしているとのこと。

クラスメイトのご令嬢達は「私達のルイーゼ様がそんなことをするわけない！」と、ピクセル・ルノー様に疑いの目を向けていたと聞き、胸が熱くなる。

それにしても、ルナリア様とジュリア様、手を下すって……物凄《ものすご》く悪者っぽいですわよ！　まずい、まずいですわっ！

「あなた達、それはいけませんわ。確かに昨日、彼女を思って助言はいたしましたが、決して害意はありませんでした。残念ですが、ピクセル・ルノー様は歪曲《わいきょく》して受け取られたのかと思います。彼女は貴族社会では赤子のようなもの、この世界では目上の者から苦言を呈されることをご存じないのかもしれませんわ。決して手を下してはなりませんよ。そんな暇《ひま》があるのなら鍛錬《たんれん》をいたしましょうね！」

「っ……、なんて慈悲深《じひぶか》いのでしょう。けれども、私達は我慢《がまん》できませんわっ！　今もそう、あのように……っ！」

そうルナリア様が指差した方向では――

「昨日、ルイーゼ様に呼び出され、怖《こわ》い思いをしましたっ。私が殿下《でんか》に助けていただいたことが気に入らなかったみたいで……」

と、今まさにピクセル・ルノー様が涙を浮かべているところだった。ああ、何だか別の意味でも眩暈がしますわ。

クラスのご令嬢《れいじょう》方は聞き流しているけれども、男子生徒はピクセル・ルノー様を不憫《ふびん》に思ったのか、その言葉に賛同すらしている。

「なんて心の狭《せま》い方なのだ！　爵位もそれほど高くないのに王子殿下の婚約者に収まり、このような振る舞いをするなど、高慢《こうまん》だ。ああ、ピクセル嬢、お可哀想《かわいそう》に」

「怖かったですぅ～っ！」

泣きまねをするピクセル・ルノー様に気が遠くなりかけていると、教室のドアが開き、シルヴィール様が入ってきた。昨日は執務《しつむ》で学園を休まれていた。だからこそ、噂の真偽《しんぎ》を確かめるために、私に聴取《ちょうしゅ》してくるかもしれない。

後ろめたいことはしていないけれど、万が一にもピクセル・ルノー様の味方をされてしまったら……と緊張《きんちょう》感が走る。

しかし、シルヴィール様は私と目が合うと、いつもの作られたような笑顔《えがお》ではなく、蕩《とろ》けるような笑みを向けてきた。そして、私の手を引き隣《となり》に立たせ、教室中を見回した。

「私の婚約者を貶《おとし》めるようなことはやめてもらおうか」

冷たく低い声が教室に響《ひび》く。怒気《どき》を含《ふく》めた言葉に、ピクセル・ルノー様も取り巻きの男子生徒達も顔色を青くさせた。

「金輪際、ルイーゼの名誉《めいよ》を汚《けが》すような発言は許さない。彼女は私の愛おしい婚約者なのだからね」

そう言って、私の腰を抱くシルヴィール様にギョッとしてしまう。

誰ですの、この婚約者のために怒《おこ》る甘々王子はっ!!

あまりの変わり様にはっと思い、シルヴィール様の頭の上を見ると――

『攻略対象　第二王子　魔術《まじゅつ》にかかっている（ちょろい）』と浮かんでいた――。

「え、ええ――――っっ⁉」

淑女にあるまじき叫《さけ》び声《ごえ》を上げてしまったのは大目に見てほしい。

『魔術にかかっている』って何ですの⁉

普通《ふつう》の状態ではないことは確かである。今まで完璧《かんぺき》な第二王子だった彼がクラスメイトの面前で表情を崩《くず》し、婚約者を特別扱いした挙句愛を囁《ささや》くなど異常事態だ。

昨日一日の空白の時間で一体何がありましたの⁉

動揺《どうよう》しながらキョロキョロとクラスを見渡すと、同じく動揺した様子のダルク様と目が合った。阿吽《あうん》の呼吸で頷き合う。

「ルイーゼ？　私以外を見つめるなんて――」

「シルヴィール、行くぞっ！」

「そうですわ、行きましょう！」

これ以上いつものシルヴィール様ではないところを見せるのはまずいと判断し、一旦《いったん》教室の外へ連れ出した。

「え？　なんで⁉　攻略が始まったはずの王子様に怒られるなんて、バグなの⁉　有り得ない……せっかく進んだのに。こうなったら……」

騒然《そうぜん》とする教室の中で、ピクセル・ルノー様の呟きはかき消されていった。

「シルヴィール！　いきなりどうしたんだ！　やっぱり変だぞ、お前」

「なんだい？　私はいたって普通だ。愛する婚約者を庇《かば》って何が悪いのかな？」

とりあえず誰もいない空き教室に入り、ダルク様とシルヴィール様は言い合いを始めたが。

あ、愛する婚約者……⁉

ま、待って、落ち着くのですわ、私の心臓っ！

婚約して十年、そんな言葉を言われたことはない。

深呼吸を繰《く》り返《かえ》し平常心を保っていると、深いため息を吐《つ》いたダルク様がこちらを見つめた。

「ルイーゼ嬢。こいつはなんでこんなことに……」

「ルイーゼの名を軽々しく呼ばないでくれるかな。愛らしい名前は私だけが呼べればいいんだ。ね？　ルイーゼ」

キラキラした笑顔を向けられ、私は眩しくて目を開けられなかった。未《いま》だ嘗《かつ》てこんな眩しいシルヴィール様を見たことはない。絶対におかしい状況《じょうきょう》である。

「駄目《だめ》だ。このままこいつを学園にいさせたら大騒《おおさわ》ぎになりかねない。一旦王宮へ帰そう」

「何を言ってるんだい？　ルイーゼとの時間を邪魔《じゃま》しないでくれ。学園でしかゆっくり傍《そば》にいられないのに。本当はずっとルイーゼと過ごしたいと我慢していたんだよ？」

ダルク様とシルヴィール様の攻防《こうぼう》に、私は顔を赤くして俯《うつむ》くしかできなかった。

わ、わかっていますわ。シルヴィール様は今、思ってもないことを口走っていると。でも、なんでこんな甘々な言葉ばかりっ！

「埒《らち》が明かないな。頼《たの》む、ルイーゼ嬢。こいつに王宮に帰るよう言ってくれ」

「は、はい」

ダルク様に頼み込まれ、私が言っても効果がないのでは……と思いつつも、シルヴィール様をじっと見つめる。

「シルヴィール様。王宮へ帰りましょう。その、心配ですし、後で私も向かいますから」

「ルイーゼが来てくれるの？　それなら王宮に帰ろう。二人きりで久々にお茶をしようか。君の好きなお菓子《かし》を準備して待っているよ」

すんなりと納得《なっとく》してくれた。今までなら有り得ない。しかもウキウキとお茶会の計画を立てるシルヴィール様に、私もダルク様も口をあんぐり開けた。

本当に誰だろう、目の前の王子様は——。

「王宮の医者に診《み》てもらおう。このままでは王家の威信《いしん》に関わるっ！」

ダルク様が暴走気味のシルヴィール様を何とか押さえつけ馬車の中に押し込め、シルヴィール様は強制送還《そうかん》されたのだった。

私達は平静を装《よそお》い授業へと戻った。シルヴィール様は執務で王宮に戻ったことにして、とにかく朝の出来事を揉《も》み消《け》したのだった。


「シルヴィールに一体何があったんだ」

放課後、事前に伝えたいことがあり、王宮へ行く前にダルク様に時間を取ってもらう。

内密に相談するため、学園から離《はな》れた騎士団《きしだん》がよく密談などで利用するらしい隠《かく》れ家《が》カフェのようなお店にダルク様と二人で訪《おとず》れていた。

テーブル席に座り、周りに人がいないのを確認《かくにん》しながらコソコソと話を続ける。

「ダルク様、シルヴィール様の頭の上の文字が、『第二王子　魔術にかかっている』に変わっていますの。恐《おそ》らく何かしらの魔術にかかっているのではないかと……」

「何だって⁉　魔術……、そういえば暗殺者は術を使ってあいつに魔獣《まじゅう》を差し向けていたな。まさかその類かっ！」

ダルク様の言葉に私は顔色を変えた。

「あ、暗殺者……？　シルヴィール様は暗殺者に狙《ねら》われていたのですか⁉」

私の言葉にダルク様はまずい、と口を閉じた。まさか、いつも余裕《よゆう》そうに振《ふ》る舞《ま》われていたシルヴィール様は裏で命の危機に晒《さら》されていたのだろうか。

　そういえば以前体調が悪そうにしていたことも思い出す。精神的にも肉体的にも暗殺者に追い詰《つ》められていたのなら――

「そ、その、王族は常に暗殺の危険性があるからな。あいつは凄《すさ》まじく強いし、全部撃退《げきたい》していたしだな……っ」

「そんな……私は何も知らずに呑気《のんき》に……」

「ルイーゼ嬢に心配かけたくなかったんだろう。あいつは完璧主義だし、自分で対処しようと躍起《やっき》になっていた。ただ、今回はあいつでも防げなかった、厄介《やっかい》な敵なのかもな――」

「シルヴィール様でも防げないなんて……。しかし、ただ甘々になるだけの魔術をかけて暗殺者に何の得があるのでしょうか？」

　私とダルク様に沈黙が訪れる。

　ダルク様によると、王太子であるシュナイザー殿下が留学してから、シルヴィール様は暗殺を仕掛《しか》けられることが増え、常に危機に晒されていたとのこと。暗殺は組織化され、何重にも罠《わな》がかけられ、蜥蜴《とかげ》の尻尾《しっぽ》切りのように下っ端《したっぱ》しか表に出てこない。中々黒幕に辿《たど》り着《つ》けず、何年も手をこまねいていたらしい。

　聞けば聞くほど、シルヴィール様が心配になってくる。婚約者として、何も知らされていなかったことも何だか悔《くや》しい気持ちだ。

「ルイーゼ嬢……？」

じわりと涙が滲《にじ》んでしまい、誤魔化すかのように席を立った。

「あ、あの、お手洗いに行ってきますわ！」

「ああ、気を付けてな。ここはあまり治安が良くないから」

ダルク様に心配されつつ、私はカフェの廊下《ろうか》を歩く。

涙をぬぐい、窓の外を何気なく見ると――

『第二王子を狙う雇《やと》われ暗殺者（フルーツパイが好き）』を頭の上に浮かべたローブを着た男が歩いているのが目に入った。

えええええっ⁉

い、いましたわっ！　重要参考人がっ‼

見失ってはいけない、と何も考えずにそのままカフェの窓から飛び降り、通りに出て男を追う。日々の訓練が役立つ日が来るとは……タニアに感謝である。

男は路地裏に入っていく。こっそりと跡《あと》をつけ、物陰《ものかげ》に隠れた。それにしてもフルーツパイが好きな暗殺者って何ですの⁉　というかダルク様にも黙《だま》って来てしまいましたけど、今更《いまさら》ながら無茶だったかしらと、心臓がバクバクと音を立てる。

男が歩みを止め、私は息を押し殺した。

しかし……

「ねえ、いるんでしょう？　わかってるよ。出てきたら？」

怪《あや》しい男は私の隠れている方へ向かって声を出す。

っ‼　気づかれている？　いえ、まだ希望は捨てませんわ‼

返事をせず壁《かべ》と同化していると、自分のすぐ横に何かが突き刺《さ》さった。

ギラリと光るそれは小さなナイフで、一気に血の気が引く。

「っ‼」

居場所もバレているのならば、もう隠れていても意味はない。

意を決して物陰から姿を現すと、怪しいローブの男がにやっと笑っていた。

「こんなところでお貴族様がどうしたの？　殺されたいのかな？」

「そんなわけありませんわ！　あなたにお聞きしたいことがありますの！」

一か八か……助かるためにはこれしかありませんわ！

「――フルーツパイの美味しいお店、知りません？」

「……は？」

「私、フルーツパイ研究家なんです。この辺りのフルーツパイを食べ歩き、フルーツパイについて研究！　探求！　してますの。フルーツパイ最高！」

「……」

駄目だと思いました。

私の最期《さいご》の言葉はフルーツパイだと思いました。

でも何故か……。気が付いたら……。

フルーツパイが美味しいと噂のお店で、『第二王子を狙う雇われ暗殺者（フルーツパイが好き）』が頭の上に浮かんでいる怪しい男とお茶をしていました。

「この店に来たかったんだけど、女の子ばっかりで、なかなか勇気が出なくて～！　一緒に来てくれてありがとう！」

そう言って満面の笑みでフルーツパイを食べるローブの男。

「そ、それは良かったですわ。あー、フルーツパイ最高ですわ！」

背中に大量の汗を掻《か》きながらも笑みを張り付ける。

まさか……こんなにフルーツパイを愛する暗殺者がいたなんて吃驚《びっくり》だ。

「もうさー、俺の雇い主《ぬし》がさー、最悪でさー、無理難題ばっか言ってくるくせにさー、報《ほう》酬《しゅう》は安いしさー。もうフルーツパイでも食べなきゃやってらんないよねー」

「あら、そうなんですわねー。最低最悪ですわねー！」

いつの間にか職場の愚痴《ぐち》が始まっていた。

笑顔は崩さずに、一生懸命《いっしょうけんめい》話を盛り上げる。死ぬか生きるかの瀬戸際《せとぎわ》である。

「しかも今回の依頼《いらい》、しんどくて。気を抜《ぬ》いたらこっちが殺《や》られそうでさ。もう病むわー」

暗殺業も大変なんですのね。少し同情しながら相槌《あいづち》を打つ。

何とか味方に引き込めないかしら、と頭をフル回転させながら打開策を練る。

何故ならば……フルーツパイ好きに悪い人はいない気がしますもの！

「そんな職場、お辞めになったら？　何だったら私が護衛として雇いましょうか？」

「え……？」

「今の報酬の倍額は出しますわ！」

「え――……」

「国中のフルーツパイお取り寄せ、食べ放題ですわ！」

「乗ったっ!!」

ローブの男は私の誘《さそ》いに乗ってきた。買収成功である。

これで暗殺されることもありませんわね！

やっと生きた心地《ここち》がして、フルーツパイを堪能できそうだ。

雇い主の前だからと、男はローブを脱《ぬ》いだ。黒みがかった紫《むらさきいろ》色の髪《かみ》と紫色の瞳《ひとみ》を持った、同年代くらいの少年の姿に呆然としてしまう。

「よろしくねー、ご主人様！　俺はルークです。特技は暗殺と諜報《ちょうほう》！　フルーツパイ好きのご主人様って最高っすねーっ！」

「ジュノバン伯爵家のルイーゼと申しますわ。どうぞよろしくお願いいたします」

こうしてルークを仲間に引き入れることに成功したのだった。


「で？　どーしてこうなった……」

疲《つか》れ果《は》てた表情のダルク様が目の前に座っている。

先ほどの話になるが、ルークと共にフルーツパイを堪能していると、物凄い勢いで走り回っているダルク様が店の前を通り過ぎ、バッチリ目が合った。

……あ……——。

違うんです、ダルク様！

私は優雅《ゆうが》にお茶してたわけじゃないんです！　色々あったんです——！

こちらに突進《とっしん》してくるダルク様に必死に目で訴《うった》えるけど、全く通じることはなかった。

「ルイーゼ嬢！　心配したぞ！　手洗いに行ったきり帰ってこなくて、何呑気にお洒落《しゃれ》なカフェで茶なんて飲んでんだ！」

「ごめんなさい！」

私だって色々頑張《がんば》ったんです！　だから許してくださいませっ！　と心の中で言い訳をしながらも土下座する勢いで謝る。必死に謝って何とか落ち着いたダルク様に今までの経緯《けいい》を説明した。

深い深いため息を吐いたダルク様は、諦《あきら》めたような目で私を見る。

「やっぱり只者《ただもの》じゃねぇな――」

「え？　なんですか？」

「いや、なんでもない。で、ルークって言ったか？　あんたは雇い主を裏切っていいのかよ、こっちを逆に陥《おとし》いれる気じゃ……」

「あー、こっちの世界じゃ条件が上の方に付くってのが常識ですから。それに、前のご主人様は事が済めば俺のことを消す気が見え見えだったんで、ちょうど良かったですー。まあ、俺は下っ端なんでそんな重要な情報は持ってないですしねー。指令が来るだけだったし」

場所を移動し、先ほどの隠れ家カフェに戻ってきた。

こちらのカフェでもフルーツパイを注文し、幸せそうに頬張りながらあっけらかんと言うルークに私は目を見開いた。裏社会のことはわからないけど、裏切ったり寝返《ねがえ》ったりが当たり前の世界なのかしらと、恐怖《きょうふ》すら感じてしまう。

「俺に来た指令は、『用意された魔獣を王子に差し向け、魔獣を王子自身で始末させること』『とある本を王子の執務室へ仕込むこと』の二つですー」

「魔獣を始末……？　暗殺のために差し向けたんじゃないのか、あの魔獣は」

「詳《くわ》しくは知りませんけど、魔獣が消滅《しょうめつ》する際に出る黒い煙《けむり》が呪詛《じゅそ》になっているらしくって。黒い煙自体に効果はないので気付かれにくいみたいっすけど、何回か浴びて体内にある程度蓄積《ちくせき》すると呪詛になるらしいです。まあ、数年がかりの大きな仕事だったんですけどねー」

呪詛という物騒《ぶっそう》な言葉に身体《からだ》がビクリと反応してしまう。しかも数年にわたり微量《びりょう》の呪詛を植え付けられていたなんて……。巧妙《こうみょう》な手口に、あの完璧なシルヴィール様ですら出し抜かれてしまった。

ダルク様は何か思い当たる節があるみたいで、腕《うで》を組み眉間《みけん》に皺《しわ》を寄せている。

「なるほど……。シルヴィールが簡単に魔獣《まじゅう》を消滅させることも計算済みだったってことか……。とある本って一体何なんだ？」

「見た目は普通の本でしたけどねー。王子様の執務に必要な本みたいで。触《ふ》れると、蓄積された呪詛と連動して精神を操作する魔法が発動するとか。俺の見立てでは、徐々《じょじょ》に精神を蝕《むしば》み、本の持ち主の言いなりになるっていう悪趣味《あくしゅみ》な魔法だと思いますね」

精神操作の魔法――ナイル王国では危険すぎるため禁忌《きんき》とされている。王位継承権《けいしょうけん》を持つシルヴィール様を意のままに操《あやつ》れるとしたら――。

黒幕がかなり大きな組織ではないかと、ゴクリと息を吞《の》む。しかし、今現在精神操作されているシルヴィール様は、私に甘々な台詞《せりふ》を言うだけで、黒幕の真意が全く摑《つか》めない。

もしかして、黒幕にとっても予想外の展開が起きている――？

「すぐに王宮へ報告に行った方がいいな」

「そうですね。お茶をする約束をしましたし、すぐに通してくださるかと思います」

こうして私達は急いで王宮へ向かった。


「ルイーゼ嬢はシルヴィールの下《もと》へ先に向かって例の本を探してくれ。俺は報告に行く。解呪《かいじゅ》系が得意な王宮魔法師も連れてすぐに向かうから、シルヴィールを頼む」

「ま、任せてくださいませ！」

ルークを連れて報告に行ったダルク様を見送って、私は婚約者の権限を行使してシルヴィール様のお部屋に向かう。

「やあ！　ルイーゼ、来てくれたんだね。嬉《うれ》しいよ」

既《すで》にお茶の準備が調《ととの》えられ、蕩けるような笑顔を振りまいたシルヴィール様に迎《むか》え入《い》れられる。私は挙動不審《ふしん》になりつつ、勧《すす》められたソファに座ろうとした。すると、

「な、何故隣に？」

「可愛いルイーゼの隣に座りたいと思うのは当然だろう？」

向かい合って座るのが正解のはずなのに、ピタリと寄《よ》り添《そ》うようにシルヴィール様は私

の隣に腰かけ、私の肩《かた》に手を回して微笑む。

恋人《こいびと》のような甘い空気を出してくるシルヴィール様に動揺してしまう。

だけど、『精神操作の魔法』にかかっているということは、これは偽《いつわ》りの言葉。シルヴィール様の本心ではない。

蕩けるような笑みも、砂糖菓子《がし》のような甘い言葉も、全てが偽りだと思うと少し寂《さび》しいような気もするけれども、今はシルヴィール様を元に戻さなければ！

「あ、あの、シルヴィール様、お話がありますの！　シルヴィール様は精神操作の魔法にかかっているのですわ、だからっ」

「魔法？　まさか、この私がそんなものにかかるはずがないだろう？　可愛いことを言うね、ルイーゼ」

全く聞く耳を持たない甘々に変貌《へんぼう》した王子に、どうしたものかと若干《じゃっかん》パニックになりそうだ。だって、距離《きょり》が近すぎるんですものっ！　どうにかしなければ……。

「ずっと君に触れたかった。ずっと、我慢していたんだ。君を危ない目に遭《あ》わせるわけにいかないから、君から離れることで護《まも》るしかなかった」

「え……？」

「好きだよ、ルイーゼ」

「ふぇええええええええええええ――――つっ!?」

精神操作で口に出している言葉とはわかっているのに、あまりの破壊力《はかいりょく》に私は場にそぐわない声を上げてしまった。

ドキドキと心臓が口から飛び出してしまいそうだ。シルヴィール様はそんな私を愛おしそうに覗《のぞ》き込む。

「慌《あわ》てている顔も可愛いね。全部、私のものにして閉じ込めてしまえたらいいのにね」

「えええええ、あの、えええええっ⁉」

シルヴィール様の美しすぎる顔が近付いてくる。もう、私の手に負えない事態に涙目《なみだめ》になる。ああ、こんな時、どうしたら良いのでしょうか。

「シルヴィール様っ、正気に、正気になってくださいませっ！」

「私は正気だよ。ルイーゼ、目を閉じて？」

更《さら》に近付く距離に、私は身を翻《ひるがえ》し、思いっきりシルヴィール様から逃《に》げ出した。

「駄目ですっ、私達は婚約者ですがっ、物事には順序がっ。それに魔法が解けた時にシルヴィール様に後悔《こうかい》してほしくありませんっ！」

シルヴィール様、しっかりして！　目を覚ましてくださいませっ！

そう心の底から訴えかけるもののシルヴィール様に捕《つか》まってしまう。唇《くちびる》が触れ合いそうな距離の近さに、とっさに机の上にあった本を手に取り自分の唇を守った。

そんな状況で、部屋のドアが荒っぽく開かれた――。

「ルイーゼ嬢っ！　待たせたな、魔法師を連れてきたぞっ！」

「さあ、早く魔法の本を探しましょう……って——」

乗り込んできたダルク様と王宮魔法師《まほうし》の方は、微妙《びみょう》な距離で攻防を繰り広げていた私とシルヴィール様を見て固まった。

「あ、あの、ジュノバン伯爵令嬢、その本は……」

「え？　本？　その辺にあったものを……」

「禍々《まがまが》しい魔力を感じます……。あ、あの、それが、『魔法の本』かと思います」

「………」

え？

私、そんな大事な本を盾《たて》にしてましたの？

部屋が微妙な空気に呑まれる。

「ど、どうぞ」

魔法師さんに『魔法の本』を渡《わた》すと、防御《ぼうぎょ》していたものがなくなり、突然《とつぜん》の侵入者《しんにゅうしゃ》にも全く動じた様子のないシルヴィール様の顔が再び近付いてくる。

「早く解呪を！」

このままでは、身の危険が！

私の鬼気迫《ききせま》った叫びに、ダルク様も魔法師さんもはっと動き出した。

「では、解呪を始めます」

結界が張られ、解呪の魔法をかけていると、モクモクと本から黒い煙が溢《あふ》れてきた。その煙は徐々に獣《けもの》の形を作り、苦し気にもがき始めた。

これがルークの言っていた魔獣の呪詛なのだろうか。黒い煙の獣は暴れ出し、魔法師さんを押しのけ、私の方へ向かって飛び込んできた。

「ひえぇぇぇぇっ⁉」

「ルイーゼっ‼」

シルヴィール様が私を庇うように目の前に立つ。

次の瞬間――

『大気よ……爆《は》ぜろ――』

シルヴィール様がよく通る綺麗な声で固有魔法を唱えると――。

ドカァァァアンと地響《じひび》きのような爆発音《ばくはつおん》が響き渡り、辺り一面が消し炭になっていた。

ナイル王国の王族の血筋は、膨大《ぼうだい》な魔力を有し、『固有魔法』を生まれつき授《さず》かっている。シルヴィール様の固有魔法は『爆破《ばくは》』であり、小規模から大規模な範囲《はんい》にわたり、意のままに爆発を起こせるのである。

その威力《いりょく》も歴代最強クラスで、固有魔法を使用するのも有事の際と決められているくらいだ。婚約者である私でさえ、数回ほどしか見たことのない魔法だ。

「ふふ。加減を間違えたかな？」

黒い煙の獣は跡形《あとかた》もなく吹き飛《ふと》び、煙すら残っていない。魔法師さんはあまりの威力に白目を剝《む》いて倒《たお》れ、ダルク様が介抱《かいほう》していた。

消し炭になった部屋を呆然と眺めていると、シルヴィール様が私を覗き込んできた。

「私が恐ろしくなった？」

幼い頃《ころ》にもシルヴィール様の『固有魔法』を見たことがある。

王宮に突如《とつじょ》現れた魔物をシルヴィール様が完膚《かんぷ》なきまでに吹き飛ばしたのだ。

『わぁぁ！　カッコいいですわ‼』

『……ルイーゼは怖くないの？』

『何故ですか？　こんなにカッコいい魔法、怖いわけがありません！』

はしゃぐ私をシルヴィール様はじっと見つめながら、

『ありがとう』

と言ってくれた。お礼を言うのは魔物から守ってもらった私の方なのに……と不思議に思ったのを思い出した。

あの頃と変わらず、悪い呪詛をやっつけたシルヴィール様が正義の味方みたいで格好良く見えた。

お互《たが》い頭の上の文字を変える同志として、シルヴィール様の鍛錬の成果を目の前で見られたことも嬉しかった。シルヴィール様は只者ではないと憧《あこが》れる気持ちが大きくなる。

「す、すごいですわ！　さすがシルヴィール様、私の同志!!　幼い頃に見た時よりも威力が上がって、必殺技《ひっさつわざ》っぽくてカッコいいですわ！」

興奮しながら言い切ると、シルヴィール様はキョトンとした表情になって、そのまま笑い出してしまった。

「やっぱり、ルイーゼは昔から変わらないね。好きだよ、ルイーゼ」

「ふぇ――――っ!?」

嬉しそうに笑うシルヴィール様の神々《こうごう》しい表情と甘い言葉に、またもや場違《ばちが》いな声が溢れ出てしまった。あれ、まだ精神操作の魔法が解けていないのかしらと、慌ててシルヴィール様の頭上を見る。

『攻略対象　第二王子　魔術にかかっている（ちょろい）』の文字がチカチカと消えては点《つ》きを繰り返し、吹き飛ばされていた魔法の本の残骸《ざんがい》が全て燃《も》え尽《つ》きたと同時に『攻略対象　第二王子（ちょろい）』といつもの文字に戻ったのだった。

ということは、先ほどの台詞までがギリギリ魔術にかかっていた状態なわけで……。私はホッとするのと同時に、少し残念なような、変な気持ちになってしまう。

いや、残念なわけがありませんわ！　シルヴィール様が元に戻ったのだから、万々歳《ばんばんざい》ではないですか！

「魔術が解けましたよ。さあ、シルヴィール様、正気を取り戻してくださいませっ！」

まだ甘々な空気を醸し出しているシルヴィール様にそう訴えると、目を瞬《しばた》かせ、残念そうに微笑んだ。

「……私は厄介な魔術をかけられていたようだね」

「はいっ！　でも、大丈夫ですわ、すべて解呪されたようです」

「私を救ってくれてありがとう。世話をかけて申し訳なかったね」

瞬時にいつものお人形のような顔に変わったシルヴィール様は、申し訳なさそうに私に謝罪する。

「いいえ、私は何もできませんでしたし、魔法師の方の解呪と、シルヴィール様の魔法で止《とど》めをさしていただいたお陰《かげ》ですわ。大事に至らず何よりです」

「私の異常にいつも君はいち早く気付いてくれる。本当に感謝しているよ」

「い、いいえ！　婚約者の務めですから、当然ですわっ！」

私の言葉にシルヴィール様が少し残念そうな表情になったのは気のせいだろうか。

こうして、魔術事件は大事になる前に幕を閉じたのである。

精神操作が解けたシルヴィール様は、いつものように完璧で誰にでも平等な王子様に戻られ、私に甘い言葉を吐いたり、好きだとか言ったりすることもなくなった。

魔術にかかっていた時の記憶《きおく》は曖昧《あいまい》らしく、私に甘い言葉を吐いたこと自体、シルヴィール様も覚えていない様子で、ホッとしたような……複雑な気持ちだ。

全て魔術のせいだとわかってはいるけれども、何だかガッカリするような……。

え？　なんで私こんなにガッカリしているのでしょうか。

よくわからない気持ちに翻弄《ほんろう》されつつも、やはり魔術が解けた方がシルヴィール様にとっては良いことだし、あの甘々王子だった時のことなど覚えていない方が政略的な婚約者としては程《ほど》よい距離が取れて良いのだからと、無理やり考えないようにした。

そして暗殺者として雇われ、私がスカウトしたルークは、黒幕の組織を捜索《そうさく》するための王家直属の探索《たんさく》部隊に入れられたようで、ジュノバシ伯爵家に仕える話は白紙にされた。

あんなに恐怖に打ち勝ってフルーツパイを駆使《くし》して引《ひ》き抜かれたルークを引き抜かれたようで、ちょっとへそを曲げかけていた。

いいえ、善行令嬢は些細《ささい》なことでへそを曲げたりはしませんわ。伯爵家よりも王家に仕える方が出世ですし、ルークの職場環境《かんきょう》が改善されるのは良いこと。応援《おうえん》いたしましょう。

ルークからの情報と、あの時に稼働《かどう》した術式を魔法師さん達が分析《ぶんせき》した結果、シルヴィール様の体内に蓄積していた呪詛は、ナイル王国では未確認《みかくにん》の術式のようで黒幕探しは国外の線も含め進められることとなった。

しかし、入念に準備され発動したはずの術式が何故甘々王子になるだけの精神操作になってしまったのかは謎《なぞ》である。

そして――

結果的には、『透視《とうし》の能力』で魔術を阻止《そし》した私に国王陛下と王妃殿下《おうひでんか》が感謝の意を示したいと、食事会に呼ばれることになってしまった。

「今回は大儀《たいぎ》であった。シルヴィールを救ってくれたこと、感謝する」

「も、勿体《もったい》ないお言葉でございます」

王宮での食事会の場で、国王陛下に感謝を述べられ恐縮《きょうしゅく》してしまう。国王陛下の隣に座られている王妃様もシルヴィール様にそっくりな美しい顔でニッコリと微笑んでくれた。

「ルイーゼ嬢。今回はシルヴィールを救ってくれて、私からも礼を言います。さすが、シルヴィールが惚《ほ》れ込んでいるお嬢さんですね」

え……？

聞き間違いかしら。王妃様の発言に思いっきり目を見開いてしまった。

「母上、今その話は……」

ニッコリといつものようにお人形みたいに微笑むシルヴィール様から冷気を感じるのは気のせいでしょうか。

「あらあら。そうでしたね。ふふふ。ルイーゼ嬢、シルヴィールをよろしくね」

「は……はい」

思いっきり、息子と仲良くしろよと圧を掛《か》けられた気がしますわ。

なんとなく似た空気を纏《まと》ったシルヴィール様と王妃様は、ニコニコと微笑んではいるものの、背筋が寒い気がしたのは何故でしょうか。『透視の能力』で今回の件を解決したことによって、婚約解消はより遠のいた気がする。

実際のところ、魔術を解いたのは魔法師さんとシルヴィール様の力であって、私は大したことをしていないのに……。過剰《かじょう》な期待が重くのしかかって苦しいですわ！

でも、何年も魔獣に襲《おそ》われていたシルヴィール様に対し、今後も助けになりたいという気持ちが湧《わ》いたからなのか、甘い彼が頭から消えなくて、自分の気持ちが今までにないよくわからないものになっているからなのか、私はそれを迷惑に思いきれないような、微妙な気持ちになっていた。

そんな中、食事の間に慌てて宰相が入ってくる。あの頃よりふさふさの髪を見ると、何故か申し訳なく思ってしまう。

「会食中に申し訳ございません！　至急ご報告がっ！　ピクセル・ルノー男爵令嬢が『癒《いや》しの力』を発現させたとのことです」

「なんだと――それは真《まこと》か」

「はい。神殿《しんでん》の聖女様を祀《まつ》る祭壇《さいだん》の前に突如現れ、祈《いの》りを捧《ささ》げたかと思うといきなり光に包まれたのだとか。司祭様はこの光は聖女様と同じ聖なる光に間違いないと。鑑定《かんてい》の結果、『癒しの力』を発現させたようです――」

このピクセル・ルノー様の『癒しの力』の発現により、私とシルヴィール様の運命が変えられてしまう事件へ繋《つな》がるとは、この時の私は気付かずにいたのであった――。

第四章　悪役令嬢、教育係になる

「お聞きになりました？　ピクセル・ルノー男爵令嬢《だんしゃくれいじょう》が『癒《いや》しの力』を発現させたとか。歴代の聖女様を超《こ》えるお力のようですわよ」

「もしや次代の聖女様は――」

学園ではピクセル・ルノー様の噂話《うわさばなし》で持ちきりだった。

今までは、元庶民《しょみん》ということで礼儀《れいぎ》がなっていないと白い目で見られていたのに、掌《てのひら》を返したように皆《みんな》からもてはやされることとなり、それが私の頭痛の種になっていた。

何故《なぜ》なら――

『ピクセル・ルノー男爵令嬢は、類まれなる力を発現させた。後《うし》ろ盾《だて》と、彼女を導く者が必要だろう。第二王子であるシルヴィールが後ろ盾となり、ジュノバン伯爵《はくしゃく》令嬢、そなたには彼女の教育係を頼《たの》みたい。我が国にとって貴重な人材だ。よろしく頼む』

そう国王陛下直々に命を下されたのだ。

王命に背《そむ》けるはずもなく、私はピクセル・ルノー様の教育係に抜擢《ばってき》された。後ろ盾になられたシルヴィール様の婚約者《こんやくしゃ》でもあるし、仕方ないと思う。思うのだけれども――

「シルヴィール殿下《でんか》っ、私に色々教えてくださいね。今度休日に王都を案内していただけませんか？　まだ王都に詳《くわ》しくなくて！」

シルヴィール様の横を陣取《じんど》り、馴《な》れ馴れしくすり寄って、多忙《たぼう》なシルヴィール様の休日まで奪《うば》おうとするピクセル・ルノー様に軽く眩暈《めまい》を覚えた。

「残念だけど、休日には予定が詰《つ》まっていてね。ダルク、お前は空いていたな。代わりを頼めるかな？」

「お、俺っ!?」

「わぁい。嬉《うれ》しいですっ！　ダルク様、お願いしますね」

「私もご一緒《いっしょ》しますよ、ピクセル」

「まあ！　ルシフォル様もご一緒できるのですか？　嬉しいです。楽しみですね」

急に流《なが》れ弾《だま》に当たったらしいダルク様は驚《おどろ》きの声を上げ、ルシフォル・エルナーデ様が間に入り込み、まるでピクセル・ルノー様を取り合っているようにも見える。

嬉しそうにシルヴィール様や側近の方達と話すピクセル・ルノー様に貴族令嬢達の視線は冷たかった。

そう、今や第二王子であるシルヴィール様を後ろ盾として得たピクセル・ルノー様を窘《たしな》められる身分の令嬢は誰《だれ》もいないのである。

――この私以外には……。

「ルイーゼ様っ！　放っておいて良いのですか⁉　ルノー男爵令嬢は王子殿下の側近の方にとどまらず、婚約者がいる男子生徒とも仲睦《なかむつ》まじくされているのですよ！」

「聞いたところ、ルイーゼ様がルノー男爵令嬢の教育係に指名されたとか！　どうにかしてくださいませっ！」

と、連日貴族令嬢達の抗議《こうぎ》が殺到《さっとう》している。貴族令嬢達の思いはわかるし、言い分もごもっともだと思う。

「わかりましたわ。私からピクセル・ルノー様にはお伝えしておきます」

そう何回頭を下げたことか。当の本人は全く気にもしていないのだ。

「あの、ピクセル・ルノー様、少し話を……」

「うわぁん、いじめられましたーっ、酷《ひど》いですぅ」

少し話しかけるだけで、この対応なのだから、もうどうしたら良いのかわからず迷宮《めいきゅう》入《い》りしていた。しかし、諦《あきら》めるわけにはいかない。

私は善行令嬢を目指している。一度引き受けた教育係を放棄《ほうき》することはできませんわ。

「ピクセル・ルノー様。少しお時間を頂けません？　私はあなたの教育係を陛下より仰《おお》せつかってます。このままお逃《に》げになると、そのままの評価を陛下に報告しなければなりませんよ」

「な、なんですか？　脅《おど》しですか……酷い」

「いいえ、真実です。あなたの振《ふ》る舞《ま》いは、貴族令嬢《れいじょう》としては、多くの反感を買ってしまうやり方ですわ。もう少しお考えになって……」

「わ、私が庶民だったから、貴族の仲間にはなれないって、そういうことですか？　どうして、酷いです」

あら？　私の言葉が伝わってないのでしょうか……。

「あなたがこの学園に在籍《ざいせき》する限りは、学園のルールや貴族のルールに従うのが道理だと思います。ルールをご存じないのなら一緒に学びましょう。いくらでもお教えしますわ」

「わ、私のことを馬鹿にしてるんですか？　ルールも何もわからない庶民だって……」

「え？　どうしてそうなりますの？　ですから……」

「酷いですっ、あんまりですっ、うう……」

目元をハンカチで覆《おお》い俯《うつむ》くピクセル・ルノー様。傍《はた》から見ると私が彼女をいじめて泣かせているように見えるだろう。

「ジュノバン伯爵令嬢っ！　またピクセル嬢をいじめてるんですか。聖女と名高い彼女に対して、ジュノバン伯爵令嬢の方が失礼ではないでしょうか？　ピクセル嬢は貴《とうと》き力の持ち主ですよ！　身のほどをわきまえるべきでは？」

クラスの男子が間に入り込みピクセル・ルノー様の肩《かた》を抱《だ》き慰《なぐさ》めながら連れ去ってしまう。その男子は先ほど抗議されたご令嬢の婚約者だったりして……キリキリと胃が痛んだ。

「ああ……どうしたら良いのでしょうか……。いいえ、諦めてはいけませんわっ！」

直接向かい合って指導するのは難しいと判断し、今度は淑女《しゅくじょ》教育について書かれた簡単に読める書籍《しょせき》や参考書を彼女の机に入れたりしてみた。

『あなたもなれる！　素敵《すてき》な淑女にレッツトライ☆』なんて興味をそそる書籍だったのに――

「いじめですぅ！　私が淑女じゃないからって参考書を入れるなんて、嫌味《いやみ》ですぅ！」

とまた涙《なみだ》ながらに訴《うった》えるピクセル・ルノー様に膝《ひざ》から崩《くず》れ落《お》ちそうになった。

「シルヴィール殿下、一緒にお昼に行きませんか？」

お昼になると、猫撫《ねこな》で声《ごえ》でピクセル・ルノー様がシルヴィール様を食事に誘《さそ》っている現場に遭遇《そうぐう》してしまった。

いくら丁重《ていちょう》にもてなされる立場になったからといって、王族をそんな気軽に食事に誘うなんて。くらっと眩暈を感じた。

「すまないね、ピクセル嬢。もう先約があるんだ」

「そうなんですね、残念です。『癒しの力』を持つ私の後ろ盾の殿下と、仲を深めるためにお昼をご一緒したかったのに」

やんわり断られたピクセル・ルノー様は、含《ふく》みをもたせた言葉でなおも食い下がる。シルヴィール様は気にした様子もなくいつものお人形のような笑《え》みを浮《う》かべた。

「申し訳ないけど、お昼はルイーゼと一緒って決めているんだ」

「……っ！」

今、自然と巻き込まれましたわね。婚約者だし、時々一緒に食事はしているけど、毎日ではないはずなのですが。

そう思いつつも、ピクセル・ルノー様よりも私を選んでくれたようで、少し嬉しく思う自分にも驚いてしまう。

何なんですの、この相反する気持ちは！

わ、私がシルヴィール様のことを意識しているみたいじゃない！

「ね、ルイーゼ。さあ、行こうか」

ブンブンと頭を振っていると、シルヴィール様に有無《うむ》を言わせない笑顔で話しかけられ、引きつった笑みで頷《うなず》くしかなかった。

ピクセル・ルノー様の視線が痛いですわ。教育係に任命されたとはいえ、今や同等に近い立場になったピクセル様との関わり方は慎重《しんちょう》にしなければならない。

どのように彼女に接し、教育していけばいいのか……私は悩《なや》んでいた。重たい気持ちを抱《かか》えながらも、食堂の専用個室までシルヴィール様がエスコートしてくれる。

「悪かったね。彼女ばかりに構うと、他の者にも影響《えいきょう》が出るからね」

こちらの意図を読んだかのようにシルヴィール様はすまなそうに微笑《ほほえ》む。

「それでも、ルイーゼと食事を一緒に摂《と》れて嬉しいよ」

「はい。シルヴィール様」

政略的に婚約している私達の間には義務しかない。誰にでも平等に接するシルヴィール様は、たとえ聖女候補だとしても、一女生徒を人目のある場所で特別扱《とくべつあつか》いはできない。

そんな中、婚約者は都合の良い逃げ場になる。

『特別』ではないと暗に言われたようで、何故だか少し胸が痛んだ気がした。

「ルイーゼはピクセル嬢の教育係として頑張《がんば》ってくれているようだね。よく気にかけていると聞いているよ」

「勿体《もったい》ないお言葉ですわ。……ルノー様は貴族社会にはまだ慣れていないご様子で。どうにか学園に慣れるようにとお手伝いしたいのですが、あまり上手《うま》くいかず、私の力不足ですわ」

むしろ最近は打っても響《ひび》かない虚《むな》しさを感じている。きっと、彼女なりに頑張っているとは思うのだが、全く聞き入れてもらえないと対処しようがないのだ。

「ルイーゼはよくやってくれているよ。けれども、彼女は男爵令嬢になって日も浅く、『癒しの力』がいきなり発現して戸惑《とまど》っている部分もあるだろう。彼女の突拍子《とっぴょうし》もない言動については目を瞑《つぶ》れる範囲《はんい》ならば不問としたい」

シルヴィール様の言葉に私は食事の手を止めた。

「ピクセル嬢は稀有《けう》な『癒しの力』を発現させた。彼女を神聖化し慕《した》う者も多いと聞く。君が懸命《けんめい》に彼女と向き合ってくれているのは承知している。けれども、教育係としてのルイーゼの接し方について悪い噂《うわさ》も一部流れているようだから……彼女との距離《きょり》の取り方をもう一度考えてくれると嬉しいな」

シルヴィール様に苦言を呈《てい》されるのは婚約者になってから初めてだった。ピクセル・ルノー様への対応を見直せという意図だろう。

彼は、ピクセル・ルノー様がばら撒《ま》いている、私が彼女をいじめたり、社交界から締《し》め出《だ》そうとしたりしているなどという噂を信じたのだろうか……。

誰にでも平等だと思っていた。けれども、彼女を気遣《きづか》うシルヴィール様は、いつもと様子が違《ちが》う気がしてならない。

シルヴィール様に『特別』ができた時……、この義務でできた関係はどれほど脆《もろ》いのだろうか――。

ふと、今学園内で囁《ささや》かれている噂が脳裏《のうり》に蘇《よみがえ》った。

『ピクセル・ルノー男爵《だんしゃく》令嬢が聖女に認定《にんてい》されたら、王族と縁《えん》を結ばれるのでは？』

『第二王子殿下のご婚約者は「伯爵令嬢」でしたよね。爵位があまり高くなく、悪い噂があるご令嬢よりは「聖女」様をご婚約者に据《す》えられた方が良いのでは？　国王陛下もルノー男爵令嬢の後ろ盾には第二王子殿下を指名されてますものね』

『これは……、婚約を解消され、聖女となったルノー男爵令嬢と新たにご婚約を結ばれるのも時間の問題ですね――』

私の異能については、一般《いっぱん》生徒には知られていない。だからこそ、皆は私よりピクセル・ルノー様がシルヴィール様の婚約者に相応《ふさわ》しいと、そう噂しているのだ。実のところ私もそのとおりだと思う。

私とピクセル・ルノー様はたしかに同じく特別な力を持っているけれど、役に立つかどうかもわからない文字が見えるだけの私と、多くの人を救える『癒しの力』を持つピクセル・ルノー様とでは、その力の貴重さに雲泥《うんでい》の差《さ》がある。

それは、王族だって同じ考えのはずだ。

私がピクセル・ルノー様の教育係に指名されたのも、彼女に王子妃《おうじひ》教育を引《ひ》き継《つ》ぐための導入教育とは考えられないだろうか。

シルヴィール様は国のためにはどちらを選ぶのが良いのか冷静に見極《みきわ》められる方だ。先ほどの言葉だって、裏を返せば、『君の代わりに王子妃になるピクセル嬢の教育をしっかりね』的なことかもしれない。

ああ、何故今まで思い至らなかったのだろう。

『悪役令嬢（破滅《はめつ》する）』が頭の上に浮かんだ私が、シルヴィール様みたいな完璧《かんぺき》な王子様の婚約者に相応しいわけがなかったのに。

善行令嬢ならば、この事実を受け入れて、国のためにピクセル・ルノー様を立派な淑女に教育しなければいけない。それが私の役目だ。

「ルイーゼ……？　どうしたの？」

「いいえ。何でもありませんわ。ご助言感謝いたします。ピクセル・ルノー様の教育係として精一杯《せいいっぱい》尽くさせていただきます」

キリキリと痛む胸に蓋《ふた》をして微笑んだ。私はあとどれくらい、シルヴィール様の婚約者でいられるのだろう。わからないけれども、終わりがくるまでは精一杯頑張りたい。

シルヴィール様はいつものように微笑み返してくれた。

作ったような綺麗《きれい》な顔で——。

ああ、久々に気持ちが落ち込みますわ。

放課後、ずーんと沈《しず》んだ気持ちを浮上《ふじょう》させるべく、甘いものを求めて食堂に行くと、ピクセル・ルノー様と、『攻略《こうりゃく》対象　公爵《こうしゃく》家嫡男《ちゃくなん》（蜂蜜《はちみつ》大好き）』が頭の上に浮かんだジョルゼ・リーデハット様が席に座って仲良く話していた。

き、気まずいですわ。

先ほどのこともあり、ピクセル・ルノー様に見つからないようにこっそりと席に着き、パンケーキを注文した。

シルヴィール様と婚約するかもしれないのに、他の殿方《とのがた》と逢《あ》い引《び》きなんていいのかしら？　と何だかそわそわして、結局二人の様子を陰《かげ》から窺《うかが》ってしまう。

ピクセル・ルノー様が一方的に話しかけ、ジョルゼ・リーデハット様は聞き役に徹《てっ》している様子だった。

ジョルゼ・リーデハット様は、長身に黒髪《くろかみ》、クールな容姿で氷の貴公子と陰では言われている。食堂でつまんでいるのも、ブラック珈琲《コーヒー》に豆菓子《まめがし》だ。蜂蜜が大好きらしいけど……。

そんな二人を眺《なが》めていると、注文したパンケーキが運ばれてきた。

彼の前で蜂蜜をたっぷりかけたパンケーキを食すのは気が引けたけど、仕方ない。甘味《かんみ》の誘惑《ゆうわく》には勝てず、ふわふわなパンケーキを頬張《ほおば》る。

美味《おい》しすぎますわ！　至福……。

視線が痛いですけどね。

見てますわよね？　絶対ジョルゼ・リーデハット様、こっち見てますよね？

氷の貴公子が此方《こちら》へ熱視線を送っているのを感じ取ったらしいピクセル・ルノー様に思

いっきり睨《にら》まれてしまった。……嫌《いや》な予感しかしませんわ。

「あら、ルイーゼ様、お一人で寂《さび》しくお茶ですか？　そんな蜂蜜たっぷりのパンケーキなんて……」

目ざとくピクセル・ルノー様に話しかけられる。そして蜂蜜とパンケーキを少し侮蔑《ぶべつ》するような言い方に、背筋が寒くなる。

氷の貴公子が……氷のような空気を発してますが！

「ごきげんよう。リーデハット様、ルノー様。ルノー様、早く蜂蜜に謝った方がいいのでは……」

助け船を出すが、彼女は何を思ったか止まらない。

「はあ、今の流行はパンケーキにバターですよね？　蜂蜜なんて流行遅《おく》れですよ。ルイーゼ様は流行にお詳しくないんですねー！」

ああ……。自慢《じまん》気に話し私の上に立とうとする振る舞いにため息が出そうになる。

流行に敏《さと》いことは素晴《すば》らしいわ。でも、流行でない方を貶《おとし》めることで傷つく者がいることに、どうして気が付かないでいられるの？

「ピクセル嬢。君には失望したよ」

ジョルゼ・リーデハット様が絶対零度《れいど》のオーラを身にまといながら、鋭《するど》い視線をルノー様に向ける。

「ジョルゼ様？」

泣きそうになりながらジョルゼ・リーデハット様を潤《うる》んだ瞳《ひとみ》で見つめているけど、もう遅《おそ》いと思う。仕方ないですわね。

「パンケーキには蜂蜜！　これが正解といたしましょう。はい、このお話は終わりです。蜂蜜最高！　はい、終了《しゅうりょう》ですわ！」

無理やり話を終わらせる。

ジョルゼ・リーデハット様から少し異様な視線を感じますけど、気にしたら終わりです。

「……君は話のわかる女性のようだ」

「お褒《ほ》めいただき光栄ですわ、リーデハット様」

「……ジョルゼでいい」

ボソリと照れくさそうに言うジョルゼ・リーデハット様と、何故か蜂蜜を通した友情が生まれる予感がした。きっとジョルゼ様は蜂蜜仲間を欲《ほっ》していたのだろう。

クールな彼が『蜂蜜大好き！』なんて言えるはずもなく、ただひたすら珈琲《コーヒー》と豆菓子を食していた姿を思い出し、少し切ない気持ちになる。

善行令嬢ですもの、いいですわ、なりましょう。ジョルゼ様の蜂蜜友達に！

「では、私のこともルイーゼとお呼びください、ジョルゼ様。今度我が伯爵家の取引先から頂いた美味しい蜂蜜をお持ちいたしますわね。蜂蜜パーティーをいたしましょう！」

「なっ！　……わかった。此方もとっておきを準備しておく……ルイーゼ嬢」

飛び上がりそうなほど瞳を輝《かがや》かせたジョルゼ様は、すぐに我に返ったようにクールな表情を取りつくろいつつも、笑みが隠《かく》しきれていない。

私とジョルゼ様が蜂蜜談義で盛り上がっている中、少し距離を取っていたピクセル・ルノー様がこちらを信じられないものを見るような目で見つめていた。

「えっ？　なにこれ、どういう展開？　なんで悪役令嬢が好感度を上げてるの？　おかしくない？　……やっぱりこの悪役令嬢……」

その呟《つぶや》きは私には聞こえなかった——。


「ルイーゼ様、何だか元気がないようですね」

「えっ⁉　そうかしら⁉」

パンケーキを堪能《たんのう》した分を取《と》り戻《もど》すべく、伯爵家に帰りせっせと走り込んでいると、隣《となり》で一緒に走ってくれているタニアが心配そうにそう言ってきた。普段《ふだん》通りにしているつもりでも、長年の鍛錬《たんれん》仲間であるタニアにはわかってしまうようだ。

「何かお悩みでも……？　私で良ければ話してください。人に話すだけでもスッキリすると言いますし」

「タニアっ……」

やっぱりタニアは格好良くて頼《たよ》りになる護衛騎士《きし》である。正直色々と鬱々《うつうつ》していたので、話を聞いてもらうことにした。

「あのね、実はルノー様の教育に行き詰《づ》まっていて。何をしても嫌がられて……、私がいじめているという噂も立っているし、もう八方塞《はっぽうふさ》がりで。シルヴィール様のためにも、彼女を素敵な淑女にしなければいけないのに……」

まさか、ピクセル・ルノー様が第二王子妃になるために私が教育係になっているらしいということは、いくらタニアでも言えず、教育に行き詰まっている部分だけ相談してみた。

タニアは少し考えた後、私を真っすぐに見つめた。

「ルイーゼ様、タニアはルイーゼ様が誰よりも頑張っていることを知っております。男爵令嬢殿《れいじょうどの》の教育にお力を注がれていることも。だからこそ歯がゆくてなりません。ご命令であれば噂を流す連中を消してきましょうか⁉」

タニアの目は真剣《しんけん》だった。人を射殺せそうな鋭い視線に、私は慌《あわ》てて止めに入る。

「いいえ、タニア、そう信じて、私を案じてくれるタニアがいれば物凄《ものすご》く心強いの。だから、犯罪に手を染めては駄目《だめ》ですわっ！」

「うう、残念です。ルイーゼ様っ！　タニアは絶対にお嬢様の味方です。勿論《もちろん》シルヴィール殿下も」

タニアの言葉に、一気に私の表情は曇《くも》った。シルヴィール様は、きっと、ピクセル・ルノー様を選ぶはずだ。

「ありがとう。タニア」

「いいえ、ルイーゼ様の思いは必ず男爵令嬢殿にも通じるはずです。最初はマメだらけの手も、何度も潰《つぶ》れて剣《けん》を握《にぎ》るのに良き丈夫《じょうぶ》な皮膚《ひふ》に生まれ変わるのです。男爵令嬢殿も潰して潰して良き令嬢になるかもしれませんよ！」

え？　タニア、それってピクセル・ルノー様を完膚《かんぷ》なきまでに叩《たた》き潰せって意味じゃないですわよね？

でも……そうですわね。

今はマメもなくなった両手を見つめた。私の努力は目に見えないかもしれない。それでも、ちゃんと積み重なっているのだ。今回だって、きっと大丈夫《だいじょうぶ》。

「潰して潰しまくりますわっ！」

「その意気ですっ！　さあ、剣の手合わせでも行いましょうっ！」

何だか気持ちが晴れた気がした。

タニアと共に剣をがむしゃらに振る私を、侍女《じじょ》のマリィが見つめながら『お嬢様、潰すのは違うと思います』と、遠い目をして呟いていたことなど知る由《よし》もなかった――。

萎《しぼ》んでいた気持ちが復活し、翌日から私はまたピクセル・ルノー様の教育を頑張るようになった。

シルヴィール様も気にかけてくれ、何度か何か言いたげな視線を感じたが、無意識にシルヴィール様を避《さ》けてしまっていた。

あのランチ以来、何故か心がモヤモヤするのだ。

いずれ婚約解消するのなら、今はその時に向けてベストを尽くすのみ。次の婚約者となるであろうピクセル・ルノー様の教育に集中することで、シルヴィール様のことは考えないようにしていた。そんな時だった。

「ルイーゼ様、二人っきりでお話ししません？」

一人でいた際にピクセル・ルノー様に話しかけられた。

有無を言わせない表情に何だか嫌な予感がしたが、彼女の鬼気迫《ききせま》る様子もあり、大人しく裏庭まで付いていく。

誰も裏庭にいないことを確認《かくにん》したピクセル・ルノー様は開口一番、とんでもないことを言い放った。

「単刀直入に言います。ルイーゼ様、あなた、転生者でしょう！」

…………。

ナニヲ　イッテイルノ　カナ？

ピクセル・ルノー様の意味のわからない言葉に頭が真っ白になりかける。

いいえ、いけません。善行令嬢なので、しっかりお話を聞いて差し上げないと。

気力を振り絞《しぼ》り、もう一度彼女に向き直ると——

「あなたが物語のストーリーを大幅《おおはば》に変えてしまったせいで、全く好感度が上がらないんですけど！　バグかと思って無理矢理『癒しの力』発現イベントを前倒《まえだお》ししたのに、これじゃあ、逆ハールートどころか裏ルートも開かないんですけど！」

…………。

ナニヲ　イイダシタノ　カナ？

庶民にはこれが流行《はや》っていたのだろうか。急に変なことを言いだして嫌がらせをする遊びみたいな……。

常軌《じょうき》を逸《いっ》した言葉をぶっ込んでくる割りには、真剣な表情のピクセル・ルノー様を見つめ、ゴクリと息を呑《の》んだ。

そうですわ、私は善行令嬢、そして国王陛下から直々に彼女の教育を託《たく》されたのよ。否定しちゃ駄目ですわ。せっかく彼女から、初めて関わろうとしてくださったんだから。

「ルノー様、あなたの言いたいことは、（全く意味不明だけど）わかりましたわ。それでしたら、私はどうしたら良いのでしょうか？」

まずは希望を聞いてあげましょう。

「そんなの決まってるでしょう！　私をいじめてちょうだい！」

斜《なな》め上の返答がきましたわ――っ!!

どうしましょう……、この子、大丈夫かしら……。

はっ! でも、以前ルシフォル・エルナーデ様が調教が何とかと言っていたような……。

しかも、剣が弾《はじ》き飛んできた時も、当たらなくて残念そうな表情をしていたし、『攻略対象』を頭の上に浮かべた殿方に特に興味があるご様子……。忠告も聞かずに間違《まちが》った方向へ突《つ》っ走《ぱし》り、不敬まっしぐらな行動……。

このことから導き出される結論は――

変態なの?

ルノー様は変態でしたのっ!?

ずっと、そうではないかと疑念を抱いていた。でも、彼女なりに頑張った結果なのかもしれないと、自分に言い聞かせていた。

ところがどうやら違うらしい。

彼女は変態で、同じく変態である『攻略対象』を浮かべた面々に関わるのも、変態同士惹《ひ》かれ合う何かがあるのかもしれない。

え? どうしましょう。変態に「あなた変態ですの?」なんて聞けないですわよね。遠回しに……刺激《しげき》しない程度に情報を収集いたしましょう。

「あ……あなたは何を目指していますの?」

「そんなの決まってるわ。裏ルートの魔王《まおう》エンディングよ！」

………………何？　魔王って。

人間ですらないし。古代の伝記に出てくる伝説の悪役しか『魔王』と聞いて思いつかない。しかも『裏ルート』『エンディング』など意味不明な言葉の羅列《られつ》。彼女の中では、何か妄想《もうそう》上の物語が始まっているのかもしれない。

もしや自作の『変態物語』が繰《く》り広《ひろ》げられていますのっ？

ああ、そうだとしたら私はピクセル・ルノー様の教育係として、どう対応したら良いのでしょうか。

「頼んだわよ。『悪役令嬢』様」

ピクセル・ルノー様の言葉に、夢幻《むげん》の彼方《かなた》まで飛んでいた意識が呼《よ》び戻される。

今……『悪役令嬢』と言いましたの？　聞き間違いかしら。

「ルノー様、それって……」

「今まで散々邪魔《じゃま》されたから、今度は協力してもらわないと。ねえ、同じ転生者同士、協力しましょう？」

へ、『変態物語』の仲間にされてしまいましたわ！　『転生者』って『変態物語』の登場人物の愛称《あいしょう》でしょうか。そうに違いありませんわ。

ご免《めん》こうむりたい。しかし、ここで彼女の更生《こうせい》への道を諦めてしまっても良いのか。彼女なりの仲良くなる方法なのではないだろうか。

『変態物語』を共に築き上げ、友情を育てるという……貴族には理解できない、庶民には浸透《しんとう》したやり方なのかもしれない。ならば、彼女と仲良くなる手段としてここは話に乗って、『変態物語』を共に進めながら教育をねじ込んでいくしかない。

「きょ、協力とは……私は一体何をすれば良いのでしょうか？」

「明日、私を階段から突き落とすのよ！　上手くできたら……、そうね、破滅だけは防いであげてもいいわよ」

『破滅』……？

何故彼女の口からその言葉が出てくるのかわからず、ポカンとしてしまった。

まさか……彼女は何か知っているの？　それ以上に衝撃《しょうげき》的なのは、階段から突き落としてほしいなんて、やっぱり変態としか思えない発言ですけど……。

「じゃあね！　頼んだわよ！」

そう言って笑顔で裏庭を後にする彼女を、呆然《ぼうぜん》と見送る。

「ど……どうしましょう……」

私の声が誰もいない裏庭に響き渡《わた》った。

ピクセル・ルノー男爵令嬢。

学園に入学前は庶民として市井《しせい》で育ち、『癒しの力』の素質を見出《みいだ》されルノー男爵家の養子となり、最近『癒しの力』を発現させ聖女候補となっている。頭の上に『主人公（あざといヒロイン）』を浮かべた、ピンクブロンドの可愛《かわい》らしいご令嬢だとしかわからない。

しかし、先ほどの会話からは、常軌を逸した彼女の行動についても考察できる。

彼女は……誰かに虐《しいた》げられることに喜びを感じる類の『変態』なのだと――！

王族に不敬を働くのも、私に絡《から》んでくるのも、地位の高い男性にまとわりつくのも、痛めつけられるような処罰《しょばつ》を望んでいるのかもしれない。

「へ、変態ですわ……」

思わず口に出てしまい、背筋がぞっとした。

明日……私は彼女を階段から……。

いやいや、駄目ですわ！　彼女の性癖《せいへき》のためといえども、善行令嬢はそんなことはできないですわ！　どうしたらいいのかしら……。

『転生者』『裏ルート』『魔王』『悪役令嬢』……。

彼女の口から語られる『変態物語』は彼女の作りだした性癖の世界なのだろうか。

それにしても……『悪役令嬢』とは、本当に何なのだろう。何故、私の『破滅する』運命を知っているのか。

ルノー様に確認するしかないのだろうか。

翌日、目を輝かせて階段の上で私に手を振るピクセル・ルノー様を見つけ、ため息を吐《つ》いた。結局結論は出ずに、彼女に指定された学園の広間にある豪華《ごうか》な階段まで来てしまったのだ。

「目撃者《もくげきしゃ》がいないと意味がないの。ちょっと待って、もう少し人が増えたら、思いっきり突き落としてちょうだいね！」

人に視《み》られる趣味《しゅみ》もお持ちなのね――。もう私の手に負える変態じゃないわ。

「ルノー様、私やっぱり……」

「裏切る気？　そうはいかないわよ！　これをしなきゃ、断罪イベントが起こらないんだから！」

ああ、また意味のわからないことを言って興奮しているわ。

どうしましょう……。

「ルイーゼ？　ピクセル嬢？　こんなところでどうしたんだい？」

このタイミングでシルヴィール様が近付いてくる。やっぱり『攻略対象』と名の付く人は、この『変態物語』に引き寄せられる運命なの？

彼女と仲良くなるために協力するか、こんなことはやめるか葛藤《かっとう》していると、

「ラッキー！　さあ、今よ！」

そう言って振り返ったピクセル・ルノー様の腕《うで》が私に当たり、私はバランスを崩してしまう。

……え？

一瞬《いっしゅん》で景色が変わり、階段から身体《からだ》が投げ出される。

「なんであなたが落ちるのよー！」

ルノー様の叫《さけ》び声が聞こえる。

ごめんなさい、ピクセル・ルノー様。でも、でも私……

「そんな趣味ありませんのに――！」

衝撃を覚悟《かくご》して目を閉じ歯を食いしばる。

ああ、私の人生……終わりましたわ――。

思えば十六年の生涯《しょうがい》。

人の頭の上に浮かぶ不思議な文字に惑《まど》わされ……踊《おど》らされた人生でしたわ。

『悪役令嬢（破滅する）』と浮かぶ文字が恐《おそ》ろしくて、必死に抗《あらが》おうとして……。

まさかまさかですわ。

『悪役令嬢（破滅する）』の意味が、ピクセル・ルノー様の妄想する『変態物語』に無理やり付き合わされ、『悪役令嬢』役として階段から突き落とされて『破滅する』という予言だったなんて――！

私の十六年を返してほしいですわ。

善行令嬢になったって、回避《かいひ》不能じゃない、そんなの。

それなら好きに生きれば良かった。

恋《こい》をして……好きな勉強をして……。

あら……？

どうしてシルヴィール様の顔が浮かぶのかしら——

「ルイーゼっ！」

温《ぬく》もりに包まれていた。ああ、私死んだのね。

天使様もシルヴィール様そっくりだわ。

天使様に身体を包まれ、このまま天国へ行くのね。

「ルイーゼ、現実へ戻っておいで」

「ふぇ……？」

目を開けると、困ったような表情をしたシルヴィール様の顔が間近にあった。

……………。

「階段から落ちたんだよ。怪我《けが》はないかい？」

……………。

シルヴィール様に抱きしめられているってことは、まさかまさかですが……

「シルヴィール様！　申し訳ありません！」

階段から落ちたところを、シルヴィール様に助けていただいたってことですよね？

尊い王族の御身《おんみ》を危険にさらし……まさかの下敷《したじ》きに……？

「きゃ――――っ！」

不敬罪で一族諸共処刑《もろともしょけい》ではっ⁉

そう思って再度意識が遠のきかけた。

「大丈夫だよ、ルイーゼ。私は君を抱きとめただけだよ」

そう言って微笑むシルヴィール様。見た感じ怪我はなさそうである。

ドクドクと嫌な音を立てる胸を押さえていると、ふいにシルヴィール様に抱きしめられている手に力が入った気がして、今度はドキドキと心臓が早鐘《はやがね》を打つ。

「君が無事で良かった――」

「え？　あの、シルヴィール様……？」

彼がなんと言ったのか聞き取れなかったけれど、とにかく身の『破滅』を回避できたらしいということに、ほっと息を吐いたのだった。

——あのランチ以来、ルイーゼの様子がおかしくなった。

妙《みょう》に私から距離を置くようになり、ピクセル・ルノー男爵令嬢といることが多くなった。熱心に彼女を教育しているルイーゼに焦燥《しょうそう》感を覚える。元々、父である国王の命令で意に反しピクセル嬢の後ろ盾になってから何かがおかしくなっていくのを感じていた。『癒しの力』を発現させたピクセル嬢が、国の重要人物として厳重に保護されるというのにも疑問を感じている。

私がクラスメイトとして接する限り、彼女の言動は『聖女』とは程遠《ほどとお》かった。力を発現させて以来、使っているところを見たことのない『癒しの力』も本物なのか疑わしいところだ。

『私は王子殿下がどんな強力な魔法《まほう》を使おうが怖《こわ》くありませんよっ！』

と、私の固有魔法について知ったように話しかけてきた彼女に、疑心を抱いたこともあった。私の強すぎる魔力と固有魔法に対し、誰もが恐れを抱き危険視している。

幼い頃《ころ》、公務のため王宮の外へと出かけた時に、魔物の群れに襲《おそ》われ、初めて見た魔物に恐怖心《きょうふしん》で魔法が暴発し森一つ吹《ふ》っ飛《と》ばしてしまった。

幸いなことに、魔物たちは一掃《いっそう》され、怪我人《けがにん》は出なかったが、それを見た周りが、ボソッと「危ない子どもだ」「なんて危険な力……」「恐ろしい」などと言って離《はな》れていった。

自分が周りを怖がらせる、近付くのも恐ろしい力の持ち主だと思い知った。だからがむしゃらに、力をコントロールできるように磨《みが》いてきたし、私の固有魔法が『爆破《ばくは》』であると国中の人が知っていても、見た目で怖がらせないよう、常に笑顔で平等で感情的にならない、完璧な王子でいるように振《ふ》る舞《ま》った。

家族ですら、力をコントロールできるまでは距離を置き、私の扱いに手を焼いているようだった。

『何故ですか？　こんなにカッコいい魔法、怖いわけがありません！』

幼い頃、誰もが恐れる力を、「カッコいい」と言ってくれる唯一《ゆいいつ》の存在がルイーゼだった。しかも、つい彼女の前で裏の顔を見せてしまったのに、怖がったり、表の顔と比較《ひかく》したりせずに接してくれた。

だからこそ、私にとってルイーゼは特別なのだ。成長しても、

『す、すごいですわ！　さすがシルヴィール様、私の同志!!　幼い頃に見た時よりも威《い》力《りょく》が上がって、必殺技《ひっさつわざ》っぽくてカッコいいですわ！』

そう言って私を怖がるどころか何故か熱い視線を向けてきた。彼女の言葉だからこそ私に響くのだ。

わざわざ私の魔法を怖くないと言ってくるピクセル嬢には怪《あや》しさしか感じず、探《さぐ》るような視線を送ると『あれ？　おかしいな？』と首を傾《かし》げていた。

『癒しの力』を持つ男爵令嬢を聖女として認知《にんち》させ、王子妃に据え置こうとする派閥《はばつ》も生

まれ始め、私に取り入ろうとしている可能性も高かった。

そんな何もかもが怪しい彼女の後ろ盾とされているが、実のところは監視《かんし》役で、彼女の真意を見極めるのが私の仕事だと思っている。

それに巻き込まれる形で『透視《とうし》の能力』を持つルイーゼも教育係とされてしまった。恐らく、その異能を使い、彼女の力を見極める役割を期待されているのだろう。もしも、ピクセル嬢が偽《にせ》の聖女だとしたら、その力を見破れるルイーゼは邪魔な存在になる――。

更《さら》に、私に数年にわたり呪詛《じゅそ》を植え付け、精神操作をしようと企《たくら》む暗殺者の狙《ねら》いは、王族との縁ではないかと推測している。王太子である兄上よりも御《ぎょ》しやすい第二王子を精神操作した上で、自分の息のかかった同じく傀儡《かいらい》にしやすい婚約者を据える。王家の身内に入り、政《まつりごと》を優位に進めるつもりだろうか。

それが狙いだとしたら、一番邪魔《じゃま》になる存在は、異能を持ち、呪詛を見破り、精神操作の魔術を完成する前に阻止《そし》したルイーゼに他ならない。ルイーゼの『伯爵令嬢』という決して高くはない位置づけは、攻撃《こうげき》するには打って付けだろう。

つまりルイーゼは今、ピクセル嬢の派閥と暗殺者、両方に狙われている。それ以外にも、静観しながら時を待ち、ルイーゼの失脚《しっきゃく》後に自分の娘《むすめ》を後釜《あとがま》に据えようと画策している者もいるだろう――。

数多《あまた》の敵を秘密裏《ひみつり》に処理していたが、最近その者達の動きが活発になっているように感じる。

だからこそ、ルイーゼにも苦言を呈してしまった。男爵令嬢を注視するよう遠回しに言ったつもりだったが、何故か私とルイーゼに距離ができてしまった。どうしたものかと手をこまねいているうちに、ルイーゼがついに危険に晒《さら》されてしまった。

階段から落ちる彼女が目に入った時、自分の中で何かが切れた。

無我夢中《むがむちゅう》で彼女を抱きしめ、庇《かば》った。彼女の温もりが、甘い香りが、この腕の中にある。

誰にも傷つけさせたくはない。彼女を失うくらいならば――

「君が無事で良かった――」

もう、容赦《ようしゃ》はしない。私は『第二王子』という、誰にでも平等で完璧な王子の仮面を脱《ぬ》ぎ捨《す》てたのだった――。

「どうしてよ！　私が階段から落ちるイベントよ！」

階段の件は事故として処理され、ピクセル・ルノー様も私もお互《たが》いお咎《とが》めなしとなった。

不敬罪で一族郎党《いちぞくろうとう》が路頭に迷わずにすんで本当に良かった。

しかし、大勢の目の前で階段から転げ落ち、痛い思いをするという彼女の思惑《おもわく》は外れてしまい、私がシルヴィール様に抱きとめられてしまうという結末にピクセル・ルノー様は大層ご立腹だ。

「どうするのよ！　断罪の材料がなきゃエンディングが迎《むか》えられないじゃない。これじゃあ、全ルートコンプリートができないんだけど!?　逆ハーじゃなきゃ裏ルートが開かないのは知ってるでしょう？　こうなったら、一番難易度が低い王子ルートをもう一回やり直すしかないのかしら……」

「え、シルヴィール様を巻き込む気ですか？」

『逆ハー』とか『王子ルート』とか、また『変態物語』用語が飛び交《か》っているのが気になりますが、要するに不敬罪《ばっ》での処罰狙いってことでしょうか!?　『攻略対象』を頭の上に浮かべる変態一味から罰せられたいという変態願望でしょうか!?　全く……全然懲《こ》りていませんね。

「何よ、だって、ダルク様には相手にされないし、ルシフォル様は厳しいし、ジョルゼ様も冷たいのよ。物語をリセットしてやり直すには、一番希望が持てる王子ルートを攻略するしかないじゃない！　そうすればシナリオが元に戻るかもしれないわっ！」

「いやいや……、一番希望が持てるのは（変態の）エルナーデ様だと思いますわよ」

ルシフォル・エルナーデ様。『攻略対象　宰相《さいしょう》の息子《むすこ》（変態）』の文字が頭の上に浮かんでいる彼こそがピクセル・ルノー様の求める男性だと思う。

「ルシフォル様？　いつも私に口うるさく言ってくるし、怒《おこ》るし、厳しくされているのよ？　好感度なんて全く上がらないわ」

「むしろその方が都合がよろしいのでは……」

わからないですわ……。生温い厳しさじゃ物足りないってことかしら。

「うわーん、あと残っているイベントは……。そうだわ！　暴漢に襲われるっていうのが残ってるじゃない！」

「——は⁉」

正真正銘《しょうしんしょうめい》の変態ですわ！　え……理解が追い付きませんわ。

「頼んだわよ！　適当に荒《あら》っぽそうなのを雇《やと》って私にしむけてよね！」

「嫌ですわ！　どうしてそんな犯罪行為《こうい》を斡旋《あっせん》しなければいけないんですの！」

「それが、『物語』だからよ！」

出ましたわ、『変態物語』……。もう嫌ですわ……。彼女を教育なんてできるのかしら。

意味不明な『変態物語』の世界に辟易《へきえき》しかけた私の脳裏に、あることが蘇り、一筋の光が差した。

そうですわ！　変態に変態（攻略対象）をぶつけるからややこしくなるのですわ。

「その『（変態）物語』、もっと面白《おもしろ》くしませんこと？」

「え……？」

「私の言うことを聞いてくだされば、もっと面白い台本をご用意いたしますわ」

にっこりと微笑む。

「ルノー様。私に任せていただけませんか？」

さあ、ここからが勝負ですわ。

『変態物語』を『淑女物語』へ……変えてみせますわ！

頭の上に浮かんでいる文字は、その人の職業や状態を示す文字に、余計なひと言がくっついている場合が多い。

例えば、目の前を通り過ぎた教師は『学園教師（水虫克服中《こくふく》）』と浮かんでいる。

……先生、苦労されているのね。

その中でも、大多数の人に共通する文字があることに最近気が付いた。

それは『モブ』とだけ浮かんでいる人達だ。『モブ』の意味はわからないが、目立たず、努力家で、穏《おだ》やかな人に多く見られる。余計なひと言がついてない、それが注目すべき点だ。

『問題を起こさない優良物件』、それが『モブ』！　この結論に全身が歓喜《かんき》で震《ふる》えた。

すばらしいですわ！　破滅もしないし、変態でもない。この『モブ』が浮かんでいる人達こそ救世主なのよ！

むしろ……『攻略対象』とついている人達は要注意人物なのかもしれない。変態ですしね。

さあ、『淑女物語』の序章が始まりますわよ‼

「ちょっと……これは一体どういうことよ！」

「何ってお茶会ですわ」

まさに『モブ』と頭の上に浮かんでいる方達の中でも一押《いちお》しの彼に参加してもらっている。

『モブ』こと、ジル・アーノルド子爵《ししゃく》令息――アーノルド領は自然溢《あふ》れる豊かな領地であり、ジル・アーノルド様は穏《やさ》やかで優しい好青年だ。

ジル・アーノルド様には悪いような気がするが、ピクセル・ルノー様には『問題を起こさない優良物件』の方と交流を持つことで、如何《いか》に自分が変態なのか気が付いてもらう必要がある。

「アーノルド領では、サクラという花が有名なんですってね」

「え……、さくら、ですか？」

私の言葉に、先ほどまで怒《いか》りを浮かべていたピクセル・ルノー様の表情が変わる。

「ええ。ジュノバン様、よくご存じで。ちょうどルノー嬢の髪《かみ》の色とよく似た、綺麗な桃《もも》色《いろ》の花が咲《さ》く木でございますよ」

「さくら……この世界にもあったんだ……」

ジル・アーノルド様とピクセル・ルノー様はサクラの話で盛り上がっている。

変態発言も、突拍子のない行動も起こさず、お茶会を楽しんでいるピクセル・ルノー様を見ると、やはりいつもは背伸《せの》びをして無理をしていたのではないかと思う。

それがストレスとなり、変態になってしまったのだろう。

初めて『変態物語』から外れた普通《ふつう》の状態の彼女を見られた気がして、美味しくお茶が飲めた。

この交流を機に、普通のご令嬢を目指してほしいですわ。

お茶会が終わった後、ピクセル・ルノー様は怖いくらい静かだった。

「どうして、ジル様と会わせてくれたの？」

「あなたの『（淑女）物語』に必要だと思ったからですわ。お気に召《め》しました？」

私の言葉に彼女の瞳が揺《ゆ》れる。

「そう……。そういうことだったの。彼が……」

ピクセル・ルノー様は意味深長に呟いていた。

「最近はピクセル嬢は大人しいみたいだね」

優雅《ゆうが》にお茶を飲むシルヴィール様に、私は微笑み返す。

「そうですの！　やっと淑女らしくなってくださって」

ジル・アーノルド様とのお茶会以来、ピクセル・ルノー様はこれといった問題は起こさず、勉学に励《はげ》んでいる。

さすが『モブ』パワーですわ。『攻略対象』問題児グループにも程《ほど》よい距離を取っていますし。本当、拍子《ひょうし》抜《ぬ》けするくらいです。

「君の教育の賜物《たまもの》だね」

ニッコリと微笑むシルヴィール様はいつものようなお人形みたいな綺麗な微笑みではなく、柔《やわ》らかな表情で私は一瞬固まってしまった。

あら……？

この笑顔、あの魔術事件の時に見た表情と似ているような……。

「し、シルヴィール様……？」

「何かな？」

「い、いいえ！　何でもありませんわ！」

ドキリと心臓が音を立てる。何故だろう、あの甘々なシルヴィール様を思い出してしまって落ち着きませんわ。

『好きだよ、ルイーゼ』

そう言って蕩《とろ》けるような瞳で微笑んだシルヴィール様が脳裏に蘇り、頬《ほお》に熱が灯《とも》る。

「顔が赤いね。熱でもあるのかな？」

「え……」

シルヴィール様の顔が近付き、こつんと額同士が触《ふ》れ合《あ》った。

「熱は……ないみたいだね」

「ひぇ――――っ!!」

近距離《きんきょり》でそう囁くシルヴィール様に、素っ頓《とん》きょうな声を上げて瞬時《しゅんじ》に距離を取ってしまった。

だって、だって、近すぎません!?

ドキドキと心臓が有り得ないほどの速さで鼓動《こどう》を刻み、視線を合わせるのも恥《は》ずかしくて俯くと、シルヴィール様はそっと私の耳元に唇《くちびる》を寄せ、

「大丈夫？　ルイーゼ」

そう囁いた。その色気溢れる声に、一瞬意識が何処《どこ》かへ飛びそうになる。

どどどどど、どうしちゃったのですか、シルヴィール様！

近い、距離が近いですわ！

そして、何故そんなに優しい表情で、愛おしそうに見つめてくるのでしょうか！

はっ！ これは私の白昼夢かもしれませんね。今日は良いお天気ですし、シルヴィール様とのお茶会でうたた寝《ね》をしてしまうなんて、駄目な子ですわね、ルイーゼったら！

目を閉じ、そして開くと、キラキラオーラを纏《まと》ったシルヴィール様が相変わらず蕩けそうな瞳で私を見つめていた。

「ふぇ――――っ⁉」

また素っ頓きょうな声を出し、その日私は初めてお茶会で意識を手放した。

「ルイーゼお嬢様、気が付かれましたか？」

目を覚ますと、見慣れた私の部屋の天井《てんじょう》と、無表情で覗《のぞ》き込んでくる侍女のマリィの姿があった。

「あら⁉ シルヴィール様はっ⁉」

「お嬢様は王宮での殿下とのお茶会の席でアホみたいな声を上げられた後気を失われ、殿下がジュノバン伯爵家までお嬢様をお連れになったのです」

「なっ！」

ふ、不敬ですのっ⁉

「寝台《しんだい》まで殿下がお嬢様を大事に抱えてお連れくださったんですよ。後日お礼を申し上げた方が……」

「抱えて……、ええ――――っ！」

何故一国の王子にそんな真似《まね》をさせてしまったのだろうか。

ああ、畏《おそ》れ多《おお》い気持ちと恥ずかしさで気が遠のきかける。

「あ、面倒《めんどう》なので気を失わないでくださいね。ついでに給料上げてください」

「ありがとう、マリィ。通常運転のマリィを見て冷静になれましたわ」

そうですわ、そう何回も気を失うなんて、軟弱《なんじゃく》な精神は善行令嬢としてはいただけません。鍛錬を……鍛錬をしなければっ！

「因《ちな》みに本日は安静に過ごされるようにと、医師より仰せつかっています」

「……はい。わかりましたわ」

これ以上心配はかけられませんものね。

悶々《もんもん》としながら一日寝台で過ごし、翌日元気に復活した私は医師の許可も下り、無事に学園に行くことができた。

学園に着いた瞬間《しゅんかん》――

「ルイーゼ、具合はもう大丈夫なのかい？」

「し、シルヴィール様っ！」

シルヴィール様に捕《つか》まってしまった。

心の準備がまだですわっ！

しかし、昨日迷惑《めいわく》をかけてしまった手前、逃げるなんて言語道断である。

「ご、ごきげんよう、シルヴィール様。体調は元通りですわ。昨日はご迷惑をおかけして……」

「良かった。ルイーゼが心配で伯爵家まで向かおうと思っていたんだ。安心したよ。昨日のことは気にしないで。婚約者として君の体調不良に気が付けなくて此方こそ申し訳なかったね」

申し訳なさそうに眉尻《まゆじり》を下げるシルヴィール様に、私は慌てて頭を振った。

「とんでもないですわ！　あれは突発《とっぱつ》的なものでっ」

まさか、シルヴィール様にドキドキしすぎて失神したなど言えるはずもないですが！

そうですわ、昨日はシルヴィール様が突然《とつぜん》私の額に――。

昨日のあれこれが脳裏に蘇ってきてしまい、頬が熱い。

そんな私の様子を、またあの蕩けるような視線で見つめるシルヴィール様は、私の髪を一房《ひとふさ》手に取り、そっと口付けた。

「っ……!?」

「何かあったら必ず私に言うように。君の婚約者として、君を気にかけていることを忘れないでね」

その王子様のような仕草に（本当の王子様なのですがっ！）私はまたもや気を失いそうになってしまった。

何故こんなに急に甘々なシルヴィール様になったの？　何か悪い物でも食されてしまったのだろうか。それとも、また魔術に⁉

こっそり頭の上を見上げると、『攻略対象　第二王子（ちょろい）』と変化はなかった。ということは、通常運転ってことで――。

ええ⁉　何故、何故ですのっ⁉

「ルイーゼ？　どうしたの、顔が赤いよ？」

「っ、な、なんでもありませんわっ！　し、シルヴィール様こそ、昨日から、その、いつもとご様子が違いませんか？」

「そうかな？　君が危険な目に遭《あ》ったことで、もう色々と我慢《がまん》するのはやめようと思ってね」

清々《すがすが》しい笑顔をしたシルヴィール様は、私の耳元に顔を寄せ、ボソリと囁いた。

「だから、覚悟してね？」

「――――っ⁉」

覚悟って何ですの⁉ も、もう私の許容範囲をはるかに超《こ》えましたわっ‼
不敬覚悟で私はシルヴィール様から逃げ出したのだった。

お、おかしいですわ。

私とシルヴィール様は政略的な婚約を結んだ関係であって、なんなら、次期聖女と噂されるピクセル・ルノー様が大本命で、私はいつか婚約解消される身のはずでしたのに……。

何故、あのような甘い態度に⁉ しかも私を『特別』に扱うような……ちょっと嬉しいみたいな……。

「ひゃあっ！ 何を考えているの、私っ。鍛錬をっ！ 雑念を払《はら》うのですわっ！」

「ルイーゼ様……、今日はいつにも増して風になっていますわね」

放課後に訓練場でがむしゃらに走る私を、ルナリア様とジュリア様が心配気に見つめていた。

「ルイーゼ様、私は今日所用があるので、お先に失礼いたしますわ」

そう声をかけてルナリア様が帰られる。ジュリア様は飲み物を私に差し入れてくれた。

「ありがとうございます。申し訳ありません、ジュリア様方を放って走り込んでしまいましたわね」

「い、いいえ。ルイーゼ様の走る姿を見るのは、好きですので」

ジュリア様は控《ひか》えめに微笑んだ。思えばルナリア様抜《ぬ》きで話すのは初めてかもしれない。いつも二人はご一緒で、表立っておしゃべりするルナリア様に、ジュリア様が同じような言葉を発するようなことが多かった。

「こうしてルイーゼ様とお話しできて嬉しいです。私は……、家が没落《ぼつらく》してからは仲良くしてくれるのはルナリア様だけでしたから」

そう寂しそうに言うジュリア様と目が合うと、遠くを見つめながら身の上をポツリポツリと話してくれた。

「私の家……レインデス子爵家は、元は侯爵《こうしゃく》家でしたの。祖父の代で、不正が摘発《てきはつ》されて、子爵位まで降格処分になったのです。父は祖父の負債《ふさい》を返済するために色々な事業に手を出し、今では裕福《ゆうふく》な暮らしができていますが、没落した当初レインデス家は貴族界から爪弾《つまはじ》きにされ、誰にも見向きもされなかった……。友人も波が引くがごとくいなくなりましたが、ルナリア様だけは、私と友人でいてくれたのです」

ジュリア様の過去を聞いて、私は言葉が出なかった。まさか、元侯爵令嬢だったなんて。没落さえなければ、同じ歳《とし》のシルヴィール様の有力な婚約者候補だったのではないだろうか。お祖父様の不正さえなければ……ジュリア様は侯爵令嬢として順風満帆《まんぱん》に歩めていたのだと思うと、胸が締め付けられた。

そんなジュリア様を支えてきたのが、ルナリア様なのだろう。

「ルナリア様は強くて、自分の意志を持つ素敵な方。私の憧《あこが》れなのです。ルナリア様のようになりたくて、言動も真似るようになって。まあ、どんなに頑張ってもルナリア様のようにはなれないですけれどね。でも、ルイーゼ様にここ最近鍛《きた》えていただいて、少し自信が持てるようになってきたのです」

ジュリア様の言葉に、私は複雑な気持ちになった。二人はとても仲良し……くらいの認《にん》識《しき》しかなかったが、とても強い絆《きずな》で結ばれているようだ。それが良い方向でも、悪い方向でも――。

「ルイーゼ様と仲良くなれて、本当に良かった。……これからも、どうぞよろしくお願いいたしますね」

そう言ってニッコリと微笑むジュリア様の頭の上には『悪役令嬢の取り巻きその②（寝《ね》返《がえ》るが破滅する）』が浮かんでいた。

勿論私の頭の上にも『悪役令嬢（破滅する）』が浮かんでいる。

階段事件の時に、ピクセル・ルノー様の『変態物語』に巻き込まれて『悪役令嬢』役として事故に遭って破滅する……といった予言だと思っていたのだが、事故後も頭の上の文字は変わらないので、きっと違ったのだろう。

迷宮入りですわ。本当にこの頭の上の『悪役令嬢』って何なのでしょうか？

悩みは尽きませんが、私には仲間がいます。悪役令嬢同盟ですものね。きっと、ルナリア様も含めて善行令嬢になれますわ。

「ええ！　勿論ですわ！　さあ、では一緒に走りましょうか！」

「……私は膝が悪いので、ゆっくりルイーゼ様の後ろを歩きますわ」

ジュリア様と一緒に外周を走るため、準備体操をしていると、

「最近シルヴィール殿下、ルイーゼ様に対しての態度が変わられましたよね」

「えっ⁉」

いきなりシルヴィール様の話題を出され、動揺《どうよう》してしまう。すると、ジュリア様は心配するように眉尻を下げ、周囲に誰もいないことを確認してからこっそりと言った。

「お優しいのは良いのですが……巷《ちまた》では、浮気《うわき》すると男性は、ある日いきなりプレゼントを渡してきたり、妙に優しくなったりすると聞いたことがありますわ。シルヴィール殿下に限ってそのようなことはないとは思いますが……」

う、浮気⁉

確かに今の状況《じょうきょう》にぴったり当てはまるし、彼の態度の急変には違和感《いわかん》がある。

私達の場合は政略的な婚約であり、浮気というよりは婚約解消が近付いてきたという前《まえ》触《ぶ》れなのかもしれない。

「ルイーゼ様？」

「い、いいえ。何でもありませんわ。さあ、一緒に走りましょうね！」

一瞬ズキリとした胸の痛みを誤魔化《ごまか》すかのように、ジュリア様と一緒に汗《あせ》を流しながら、精神を鍛える。今は余計なことを考えるのはやめよう。ルナリア様とジュリア様との悪役令嬢同盟で、頑張って『破滅』を回避するのだ。

気合いで訓練場を走っていると、何故かダルク様と共にシルヴィール様が現れた。

「っ！　し、シルヴィール様っ⁉」

「やあ、ルイーゼの頑張っている姿が見たくなってね。見学させてもらえるかい？」

キラキラした笑顔に、ジュリア様まで頬を赤く染めている。

な、悩みを吹き飛ばすために走っていますのに！

「ダルクもいつものように指導してもらって構わないから。……ね？」

「……お前……、いや、わかった。今日のメニューを持ってきた。レインデス嬢は柔軟《じゅうなん》体操、ルイーゼ嬢は……シルヴィールに見てもらってくれ」

「っ⁉　何故ですの、ダルク様っ！」

「ダルクは忙《いそが》しいようだから、此方で二人で鍛錬しようか？」

有無を言わせないシルヴィール様に、手を取られ、訓練場を移動する。

手……、手を繋《つな》いでますわ！

え、これ何の鍛錬ですの？

「髪型《かみがた》……」

「ふぇっ⁉」

「鍛錬の時は一つに結んでいるんだね。初めて見たから……」

護衛騎士のタニアに憧れて、鍛錬中は頭の上で一つに括《くく》ってポニーテールにしているのだ。幼い頃からこの髪型で鍛錬をしていたため気にならなかったが、シルヴィール様にお見せするのは初めてかもしれない。

第二王子の婚約者としては、あまり褒められた髪型ではなかったかしら……。

そう不安に思っていると、シルヴィール様はクスリと笑い、私の耳元まで顔を近付けた。

「凄《すご》く可愛いね。よく似合ってる」

「――っ‼」

艶《つや》やかな声で囁かれ、心臓が爆発《ばくはつ》しそうになってしまった。

い、今……可愛いって、そうおっしゃいました⁉

聞き間違い、聞き間違いかしらっ！

この甘い態度も、もしかして婚約解消するためなの⁉　そういうことなの？　と、つい疑心暗鬼《ぎしんあんき》になってしまう。

「ダルクにいつもその可愛らしい姿を見せていたと思うと少し面白くないけどね」

頭の中が大混乱だった私は、ボソリと囁かれた言葉には気付かなかったのである。

「さあ、行こうか」

そのまま手を繋いで歩き、シルヴィール様と一緒に柔軟体操や剣の訓練をした。

いつもは一人でしているメニューも手取り足取りシルヴィール様と一緒に行い、何倍も疲《つか》れてしまったのは気のせいだろうか……。

久々の疲労感《ひろう》ですわ！　ま、まさか……、ダルク様、これが狙いなのでしょうか。精神に負荷《ふか》をかける鍛錬なのでしょうか！

満足そうな表情のシルヴィール様に、何故かいちいちドキドキしてしまう。

そして——

「シルヴィール……。お前ついに本気だな……」

ダルク様がそう呟き、私に憐《あわ》れみの視線を向けていることなど、知る由もなかったのであった——。

第五章　悪役令嬢、『破滅』する!?

「おかしい、おかしい、おかしいですわ！」

最近のシルヴィール様は本当にどうされてしまったのでしょうか！

『特別』は作らない。皆《みんな》に平等で完璧《かんぺき》な王子様。それがシルヴィール様であったはず。しかし……どうしても、私に甘い気がしてならない！　これは一種の『婚約者《こんやくしゃ》を大事にする王子』のアピールなのでしょうか!?　それなら前もって作戦を教えてほしいですわ。

それとも、婚約解消するための準備として態度を変えているのでしょうか!?

どちらにせよ、心臓が持ちませんからっ、何だかドキドキしてしまいますからっ！

私達は政略的な婚約者同士で、特別な感情は持っていないはず。政治的に聖女候補のピクセル・ルノー様をシルヴィール様が選ぶのならば身を引こうと、そう思っていたはずなのに。

必死に言い聞かせるが、恋愛《れんあい》経験のない私にはシルヴィール様との距離《きょり》が縮まるのは心臓に悪かった。

先日のジョルゼ様との蜂蜜《はちみつ》パーティーも、何故《なぜ》かシルヴィール様が王家秘伝の幻《まぼろし》の蜂蜜を持参して参加してきたし……。

あの時のジョルゼ様の興奮具合は異常だった。

『二人はいつから名前で呼ぶ合う仲になったのかな？』

なんて言われた時に何故か背筋が凍《こお》りそうなくらい寒かったのは気のせいでしょうか。

まさか、シルヴィール様も蜂蜜が大好きなのだろうか。だから、私達の蜂蜜同盟に入りたくてあのような行動に……？　では、今度のお茶会には蜂蜜を入れたお菓子《かし》をお土産《みやげ》に持参しなくては。コックにお願いしておこう。

「ふふっ！　ルイーゼったら恋《こい》する乙女《おとめ》の顔ねぇ」

「っ！　お、お母様っ⁉」

思いに浸《ひた》っていると、後ろから突然《とつぜん》お母様に話しかけられ、声が裏返ってしまった。

そ、それに……、恋する乙女って……。

「わ、私は別にシルヴィール様のことは政略結婚《けっこん》の相手としてしかっ」

「あら？　やっぱりシルヴィール殿下《でんか》のことを想《おも》っていたのね」

「っ！」

墓穴《ぼけつ》ですわ。

お母様はニコニコと微笑《ほほえ》みながら、乙女みたいな瞳《ひとみ》で私を嬉《うれ》しそうに見つめていた。

「恋ね……」

「ち、違《ちが》いますからっ！」

「ふふふ。そういうことにしておこうかしら」

『悪役令嬢《れいじょう》の母（逃《に》げ延《の》びる）』を頭の上に浮《う》かべたお母様に揶揄《からか》われながら、私は必死にシルヴィール様とは政略結婚であると自分に言い聞かせるのだった。

「王子ルートも、ダルク様ルートも、ジョルゼ様ルートも全く手応えがないわっ！　唯一《ゆいいつ》希望が持てたジル様の隠《かく》しルートも開かないし……」

ブツブツと何かを言っているピクセル・ルノー様に、私はコックが試行錯誤《しこうさくご》して作った蜂蜜飴《あめ》を差し出した。

「ルノー様。悩《なや》み事には甘いものですわよ。どうぞ」

シルヴィール様の傍《そば》にいると、謎《なぞ》のドキドキが止まらないため、ピクセル・ルノー様の教育をいっそう頑張《がんば》ることにしたのだ。最近おとなしくなっていたピクセル・ルノー様がまた懲《こ》りずに『変態物語』を語り始めたのが気にかかるが……。

「あら、ありがとう！　ってあなたが元凶《げんきょう》なのよーっ！　全てのイベントをかっさらって攻略《こうりゃく》対象者の好感度を上げた恨《うら》みは忘れないわよっ！　まあ、ジル様を紹介《しょうかい》してくれたことには感謝だけど。でも、このままじゃまずいのよーっ！　ちょっと協力して！」

「え？　犯罪行為《こうい》に手を貸すわけには……」

「犯罪行為って何⁉　違うわよ、親密度を何とか上げないといけないのよ！　あの脱出《だっしゅつ》イベントって言えばわかるでしょう？」

『イベント』って何なんでしょうか。やはり『変態物語』の用語は意味不明ですわ。

しかし、ここで拒否《きょひ》したら、ピクセル・ルノー様が犯罪行為に手を染める危険性もある。

おとなしくしていた反動で、きっとまた『変態物語』を求めているのだろう。

「あの『イベント』ですわね（知りませんけど）。で、私は一体何をお手伝いすれば？」

「私を物置に閉じ込めればいいだけよ！　よろしくね！」

ああ……何てことでしょう。

今度は放置される類の変態行為をお望みなのですわねっ！

理解はできませんけど、暴漢を斡旋《あっせん》するよりはまだ許容範囲《はんい》ですね。仕方ありませんわ。

「……えっと、どれくらい放置されるのがお望みですの？」

「そんなの、助けが来るまでに決まってるじゃない！　絶対に途中《とちゅう》で邪魔《じゃま》しないでよ⁉」

恐《おそ》れ入《い》りましたわ。無期限放置を希望されるなんて……っ！

善行令嬢として、ピクセル・ルノー様を無期限放置しても良いものか悩むところである。

どうしたら良いのか熟考したところ、ある答えを思いつく。そう、快適な物置空間をご用意すれば良いのだと。

ティーセットに、ソファに、暇《ひま》つぶしのチェス盤《ばん》や書籍《しょせき》なども完備いたしましょう。それなら安心・安全ですわ。ピクセル・ルノー様が満足されるまで放置できますわ！

ピクセル・ルノー様の希望を叶《かな》えるため、快適空間の準備を進めるのであった。

あれこれと準備を整え、決行日となった。

『変態物語』に協力するのも大変ですわね。でも、ピクセル・ルノー様と信頼《しんらい》関係を築き、淑女《しゅくじょ》教育を成《な》し遂《と》げるためには、千里の道も一歩からですわ！

「さあ、ルノー様。この物置で存分に放置されてくださいませ」

「わかったわよ……って、何ここ、この快適空間！　待って……違う、これ！」

何かわめいている様子だけど、きっとお気に召《め》してくれたのだろう。扉《とびら》を閉めて鍵《かぎ》をかける。

「ルノー様！　私はこの扉の付近にいますので、何かあったら声をかけてくださいませね」

「なんでっ！　悪役令嬢がいたら、何の意味もないじゃない――っ！」

よくわからないがご満足いただけている様子で、準備した甲斐《かい》があった。達成感に胸を熱くしていると、ルシフォル・エルナーデ様が通りかかった。

「ごきげんよう、エルナーデ様」

「ジュノバン嬢《じょう》、こんな物置の前でどうされたのですか？　何かお困りでしょうか」

銀縁《ぎんぶち》眼鏡に頭の良さそうな感じが滲《にじ》み出《で》ている彼の頭の上には『攻略対象　宰相《さいしょう》の息子《むすこ》（変態）』と浮かんでいる。

「何でもありませんわ。強《し》いて言うと、小さな夢を叶えて差し上げているのです。この世の中には理解されない性癖《せいへき》があるのですわ」

ついポロリと言ってしまうと、ルシフォル・エルナーデ様は目を見開いた。

「理解されない……性癖……」

「あら、つまらないことをすみません。でも、性癖は自由だと思いますの。その方の個性の一部ですわ。いくら他者に受け入れられなくとも……私はそれを変だと蔑《さげす》んだりはしませんわ」

たった今、放置されることで喜ばれている変態もいますしね。

善行令嬢ですもの、たとえ変態であろうと、歩み寄ってみせますわ！

「あなたは……稀有《けう》な考えを持つ方ですね。皆、自分と異なる思考は除外しようとするのが普通《ふつう》でしょう」

「別に、人と違うのは悪いことではありませんもの。むしろ、個性として磨《みが》きをかければ、長所となるかもしれませんよ」

ピクセル・ルノー様の変態は磨けるかはわかりませんが。いいえ、正しい方向に導ける誰《だれ》かがいれば良いのです。

「……そうでしょうか……」

「はい。私はそう信じております」

「……何だか、あなたと話していると、悩んでいるのが馬鹿らしく思える時があります。不思議な女性だ。流石《さすが》はシルヴィール様の選ばれた方ですね」

いつも冷静沈着《ちんちゃく》なルシフォル・エルナーデ様でも、悩みはあるらしい。

確かに彼も変態ですものね。常人にはわからない悩みがあるのかもしれません。

『攻略対象』という変態一味の中でも『変態』の称号《しょうごう》を持つルシフォル・エルナーデ様には、本当の意味での理解者はいないのかもしれないと思うと、しんみりしてしまう。

「以前、あなたがピクセルをいじめていると思い、あなたを責めるような態度を取ってしまい申し訳ありませんでした。私はあなたを勘違《かんちが》いしていたようだ」

かなり前にピクセル・ルノー様を泣かせてしまったと勘違いされ、ルシフォル・エルナーデ様が彼女を庇《かば》われたことがあった。

あの時は彼の『変態』の片鱗《へんりん》を見て驚《おどろ》いてしまったことへ意識を持っていかれ、気にもしなかった。けれども誠実に謝罪してくれる姿にジーンとする。

「エルナーデ様……」

「……ルシフォルと、そうお呼びください」

「では、私のこともルイーゼとお呼びくださいね。ルシフォル様」

変態はきっと理解できないかもしれませんが、善行令嬢として、ルシフォル様も、ピクセル・ルノー様のことも否定はいたしませんわ。

ドンドンドンと扉を叩《たた》く音がした。

ピクセル・ルノー様も放置に満足したのだろう。

「では、ルイーゼ様、私はこれで」

「はい。失礼いたしますわ」

ルシフォル様を見送りながら、扉の鍵を開けた。そこには怒《おこ》ったような顔をしたピクセル・ルノー様が仁王《におうだ》立ちしていたのだった。

「何あの素敵《すてき》空間！　いじめられてるように思われないじゃない！　って、ルシフォル様はもう行っちゃってるし！　あああ、また失敗なの!?」

そう言って跪《ひざまず》くピクセル・ルノー様。ああ、失念しておりましたわ。彼女は酷《ひど》い状《じょう》況《きょう》じゃないと喜べない変態だということを！

放置空間を寛《くつろ》ぎ空間に調えたことにご立腹だったらしい。牢獄《ろうごく》のような仕様にすれば良かっただろうか。

「その、ルノー様、次こそは……」

「もう全部のイベントが失敗よ！　こうなれば……、やっぱり暴漢に襲《おそ》わせて……」

「だ、ダメですわっ！　それだけは断固拒否します！」

「えーっ！」

貴族令嬢にとって、外聞は大事だ。暴漢に攫《さら》われただけでも、その名前に傷が付き、社交界で生きていけなくなる。

いくら『変態物語』を盛り上げるためといえども、ピクセル・ルノー様の今後を思えば、絶対に協力はできない。

断固とした態度で説得を繰《く》り返《かえ》す内に、ピクセル・ルノー様は諦《あきら》めたようで、ホッとする。

「いいですか？　変なことを考えてはいけませんよ。自分を大切になさってくださいね」

「はーい。わかったわよ、もう……自分で何とかするから」

そうピクセル・ルノー様が最後にボソリと呟《つぶや》いた声は私には届かなかったのであった――。


「ルイーゼは私の側近達と最近仲良くしているようだね？」

「はえ……？」

お昼を一緒《いっしょ》に摂《と》っていると、シルヴィール様が微笑みながらそう言った。笑顔《えがお》が怖《こわ》いのは気のせいだろうか……。

「仲良く……でしょうか？」

「ああ。名前を呼び合い、以前より親密に話している。何故だろうね」

「親密に……。ああ！　最近ルノー様の教育で色々な方と関わる機会があるからでしょうか」

何せピクセル・ルノー様がまた様々なところで問題を起こすようになったから、そのフォローに駆《か》け回《まわ》っているのだ。それを見かねたダルク様や、ジョルゼ様、ルシフォル様が助け船を出してくれることもあり、それをシルヴィール様が見ていたのだろうか。

「そう。君の婚約者は誰だったかな？」

「シルヴィール様ですけれど……」

お聞きにならなくてもそんなことは知っているはずなのにと、即答《そくとう》すると、シルヴィール様は何故か遠い目をされていた。

「君を独《ひと》り占《じ》めしたいって言ったら、どうする？」

「ええっ⁉」

真剣《しんけん》な表情でそう言われ、私はポカンと口を開けてしまった。

シルヴィール様が……私を……独り占めしたい……？

「ふぇ――――っ！」

ガタンと立ち上がり、私は全速力でその場から逃げ出したのであった。

ジュノバン伯爵《はくしゃく》家に逃げ帰った私は、自室の寝台《しんだい》に顔を埋《うず》め奇声《きせい》を発していた。

「な、何なんですの――――っ！」

独り占めって、え？　それは、独占欲《どくせんよく》ってことでしょうか？

シルヴィール様に限ってそのようなことを思われるなど……。

有り得るのでしょうか。え？　有り得ませんわよね！

「……お嬢様《じょうさま》、奇声がお部屋の外まで……」

「ま、マリィっ!!　独り占めってどういう意味かしら！」

「そうですね、自分だけの物にしたいっていう、独占欲……」

「きゃ――――っ！」

心底面倒臭《めんどうくさ》そうな表情で見つめられ、居たたまれなくなった私は、鍛錬《たんれん》場へと向かった。

「ルイーゼ様っ！　どうされたのですか？」

「た、タニア……っ！　雑念で頭の中が埋《う》め尽《つ》くされているの。どうしたら……」

「それは、身体《からだ》を動かすしかありませんねっ！　走りますか？　剣《けん》で打ち合いますか？」

『女騎士《きし》（こむら返りに悩む）』を頭の上に浮かべた護衛騎士のタニアの誘《さそ》いに、私は迷うことなく頷《うなず》いた。そうだ。何も考えなくても良いくらい、身体を動かそう。

そうじゃないと、頭の中がシルヴィール様でいっぱいになってしまう。

「風に、風になりますわよっ！」

全速力で走り込む私の隣《となり》をタニアも一緒に走ってくれた。こういう時に共に鍛錬できる同志がいるって本当に有《あ》り難《がた》い。

タニアがこむら返りで走れなくなるほど走り込み、くたくたの身体で地面に寝転《ねころ》がった。

「うう、不甲斐《ふがい》ないです、ルイーゼ様」

「いいえ、こむら返りは仕方ないわ。一緒に走ってくれてありがとう。スッキリしましたわ」

頭が空っぽになり、爽《さわ》やかな気分でもう一度考えると、シルヴィール様はきっと第二王子の婚約者としての私の振《ふ》る舞《ま》いに苦言を呈《てい》したかったのではないかと思い至った。

確かに、婚約を解消するかもしれませんが、まだシルヴィール様の婚約者は私ですし、シルヴィール様以外の男性と親密になるのはいただけないですものね。

「タニア、私……シルヴィール様に呆《あき》れられてしまったかしら」

「それはないと思いますよ。だって、シルヴィール殿下はいつもルイーゼ様を想っていらっしゃいますからね」

「え……」

「それに、シルヴィール殿下は呆れたり、人を簡単に見捨てたりする方ではありませんよ。大丈夫《だいじょうぶ》です」

たしかに……幼い頃《ころ》に私が「ちょろい」と、シルヴィール様の頭の上の文字のことをつい言ってしまった時も、呆れたり、怒ったりせず聞いてくれた。

詳細《しょうさい》は言わずとも私の頭の上の文字は悪い内容だと告げた時も、見捨てず、むしろ一緒に運命を変えようと言ってくれた。

そんなシルヴィール様に救われ、彼との約束があったから、今までずっと善行令嬢になるため、頭の上の文字を変えるために頑張ってこられた。

「そうですわね。ありがとう、タニア」

最近ご様子がいつもとは違いましたが、シルヴィール様は本来、そういう方でしたわ。ピクセル・ルノー様を婚約者として選んだとしても、私は忠臣として支えるだけ。

明日、自分の行いを謝ろう。そして、まだ婚約者である内は、王子の婚約者として恥《は》ずかしくないように振る舞いを正さなければ！

意気込んで翌日学園に行ったものの、シルヴィール様は執務《しつむ》で来ていなかった。ガッカリしたような、少しホッとしたような……複雑な気持ちだった。

ピクセル・ルノー様の淑女教育に精を出そうとしても、彼女も見当たらなかった。まさか……また私の知らないところで『変態物語』を繰り広げているのではと心配になる。

まずいですわ、ピクセル・ルノー様の『変態物語』を受け入れてくださる方は少ないのにっ！

焦《あせ》って彼女を捜《さが》していると、珍《めずら》しく一人でいるジュリア様と出くわした。

「ジュリア様、ルノー様を見かけませんでしたか？」

「ルイーゼ様、ルノー男爵《だんしゃく》令嬢ならば本日は殿下達がいらっしゃらないからと早退されたようですわ」

「まあ！　あんなに学園の授業はサボってはいけないとお話ししましたのに！　また補習をくらってしまいますわっ！」

それどころか進級も危《あや》ういのではないかしら。また明日ピクセル・ルノー様とお話ししなければ。

悶々《もんもん》と考えていると、遠慮《えんりょ》がちにジュリア様が話しかけてきた。

「ルイーゼ様、是非《ぜひ》ともメルディス様に考えてもらった新たな鍛錬法を見ていただけないでしょうか……。今日はルナリア様もいらっしゃらなくて、一人で鍛錬するのも寂《さび》しくて」

「まあ！　勿論《もちろん》ですわ！」

ジュリア様から鍛錬に誘ってくれるなんて、嬉しい。

ジュリア様と訓練場へ向かうと、他の部の者も、今日は誰もいなかった。

こんな日もあるのですわね。今日は皆さん何かある日なのかしら、なんて思いながらジュリア様に差し出された飲み物を口にしていると――

「ルイーゼ様、さようなら」

ジュリア様の低い声が聞こえ、私の意識はぷっつりと途《と》切《ぎ》れた――。


「ちょっと、早く起きてよ！」

頰《ほお》を何回か叩かれ肩《かた》を揺《ゆ》さぶられ目を開けると、目の前にはピクセル・ルノー様がいた。

「あ、起きた！　ちょっとやばいのよ！　逃げないと私達殺されるわ！」

鬼気《きき》迫《せま》った声に何事かと眉《まゆ》をひそめる。状況判断が追い付かない。

何故学園を早退したはずのピクセル・ルノー様がここに……？

それに、これがダルク様の考えた新たな鍛錬法……？　なわけないですわよね。

両手足を縛《しば》られた状態で、私とルノー様は馬車の荷台に入れられて何処《どこ》かへ向かっている途中のようだ。

「ルノー様、状況を説明していただけますか？」

「私だって聞きたいわよっ！　気付いたらあなたと一緒に捕《つか》まってたのっ！」

ピクセル・ルノー様も関与《かんよ》していない、不測の事態なのだろうか。伯爵令嬢と男爵令嬢を共に誘拐《ゆうかい》する目的は一体何なんだろうか。

必死に思考を巡《めぐ》らせるが、彼女の瞳にはみるみるうちに涙《なみだ》が溜《た》まっていく。

「いつの間にかバッドエンドへ突入《とつにゅう》したってこと……？　このままだと私達は拉致《らち》・監《かん》禁《きん》の末、消されるわ！　世界の終わりよ――！」

意味不明なことを口走るピクセル・ルノー様。かなり動揺《どうよう》されているのね。『変態物語』へ思考を逃避《とうひ》されるくらいだもの。

「落ち着いてください。騒《さわ》いだら御者《ぎょしゃ》に気付かれます」

「え……」

このままおとなしく捕まっていたら事態は悪化しそうだ。助けが来るにしても、人質《ひとじち》に私達が囚《とら》われていたら、動けるものも動けないだろう。

タニアに両手足を拘束《こうそく》された場合の防衛術を教わっていて良かった。今がその成果を発揮する時ですわ！

ふうっと深呼吸をして、心を落ち着かせる。隠し武器を靴底《くつぞこ》から出し、足のロープを切る。

「えっ⁉」

「状況はわかりませんが、危険そうなので逃げます。どうします？　一緒に来ますか？」

素早《すばや》く自身の手を縛っていたロープとピクセル・ルノー様のロープを切り、荷台のドアを蹴破《けやぶ》る。

「あなたって……普通じゃないわ……」

「ええ。善行令嬢ですから！」

走っている馬車から飛び降りるのは初めてだが、もう仕方がない。

意を決して二人で飛び降りた――……

までは良かったのですが、人間、不運は重なるものですよね。

飛び降りた瞬間《しゅんかん》、後ろから馬で併走《へいそう》していたであろう敵の仲間と思われる人と……思いっきり目が合った。

「な、なんだぁぁ⁉　馬車から飛び降りてきたぞ――っ！」

「ば、万事休《ばんじきゅう》すですわっ！」

か弱い令嬢が、馬に乗った屈強《くっきょう》な男達に敵《かな》うわけもなく……今、暗い部屋にピクセル・ルノー様と二人で閉じ込められています。隠し武器も見つかってしまい、もはや絶体絶命です。

「どーしてあなた、あんな無茶するわけ⁉　絶対無理でしょ！　荷台から飛び降りて逃げるなんて！」

ピクセル・ルノー様は思いっきり泣き、怒《いか》りで震《ふる》えている。ピクセル・ルノー様だってノリノリで飛び降りたくせに‼

「もしかしたら、あなた、バッドエンドを知らずに転生した系？　だからこんな無茶かますわけ？」

「ええっ？」

「ヒロインが誰とも結ばれずに『物語』が進むとね、ヒロインと悪役令嬢がまさかの一緒に破滅《はめつ》して地獄《じごく》に落ちるっていうバッドエンドよ。……どうにか回避《かいひ》しようと最後の賭《か》けで暴漢に攫われかけて救われるイベントを起こそうとしてたのにー！　捕まっちゃったじゃない！」

は……？　『変態物語』、まだ続いていたのですか？

「このままじゃ、一緒に破滅よ――！」

「落ち着いてください。ルノー様」

何とか……何とかしなければ。

きっと、私達がいなくなったことがわかれば捜索《そうさく》してもらえるはず。

第二王子の婚約者と聖女候補ですもの。

大丈夫、大丈夫ですわ。

「ルノー様、きっと助けが来てくれます。学園のセキュリティは優秀《ゆうしゅう》ですし、私達がいなくなったとわかれば捜索隊が派遣《はけん》されますわ」

「ほ、本当……？」

「絶対に大丈夫ですわ！　信じて待ちましょう」

私の言葉に、徐々《じょじょ》にピクセル・ルノー様は落ち着きを取《と》り戻《もど》してきた様子でホッとする。

敵の目的が私達の抹殺《まっさつ》ならば、逃げ出そうとした時点で始末されるはず。何も危害を加えずに閉じ込めておくのは何故だろう。

頭に浮かんだのは『王子妃候補《おうじひ》』という、私とピクセル・ルノー様に共通する肩書《かたがき》だ。

正式なシルヴィール様の婚約者は私であるが、『癒《いや》しの力』を保有するピクセル・ルノー様を聖女化し、シルヴィール様の婚約者に据《す》えるという計画もあると耳にしたことがある。

もしも……私達『王子妃候補』が二人とも脱落《だつらく》するような『事件』が起きれば、得をするのは誰だろうか。

「な、なんなの、さっきから一人で難しい顔して！　具合でも悪いの？」

「いいえ、色々考えていたのですわ。大丈夫です」

「ならいいけど……」

何だか閉じ込められてから、敵の姿が全く見えないことが不気味だが、今できるのはなるべく体力を温存し、いざとなったら逃げられるように準備することだろう。

暗闇《くらやみ》にも目が慣れてきて、閉じ込められた部屋が、石造りの地下室だとわかってくる。

地下室があるなんて貴族の屋敷《やしき》なのかしら……。船じゃないだけマシですわね。まだ、国内にはいるはずですし。

「シルヴィール様……」

シルヴィール様が頭に浮かぶ。心配しているだろうか。

あの平和なお茶会が懐《なつ》かしいですわ……。

「そういえばあの王子、『物語』じゃ、ちょろかったのにな……。固有魔法《まほう》のことを言っても何故か全然堕《お》ちなかったし……」

ピクセル・ルノー様が思い出したかのように言う。

『ちょろい』……。確かにシルヴィール様の頭の上には『攻略対象　第二王子（ちょろい）』って浮かんでいましたものね。って、何故それをピクセル・ルノー様が？

固有魔法や、国家機密とも言えるシルヴィール様の文字のことを知っている彼女に、ぎょっとして目を見開く。

「あなたを溺愛《できあい》してるもんね、あの王子。もうそこから『物語』と違うしなー」

「…………え？」

自分の耳を疑った。

溺愛……？　まさか、シルヴィール様が⁉

「露骨《ろこつ》だったじゃない！　階段イベントもさ、必死だったわよ！」

「なっ……」

「まさか、気付いてなかったの⁉」

ピクセル・ルノー様はおかしなことを言っている。

だって、私達は、政略的な間柄《あいだがら》でしかなくて。

でも……。

もしそうなら――

心に温かい気持ちが広がる。

この思いは、何なのだろう。

「な、なんなの？　顔が赤いけど、具合悪いの？」

「……っ！　な、何でもありませんわっ！」

ピクセル・ルノー様に指摘《してき》されて、顔を覆《おお》い隠す。ドキドキと心臓の音が煩《うるさ》い。

シルヴィール様が私を『特別』だと、好いていると……想像するだけで身体が沸騰《ふっとう》しそうだ。

有り得ない、有り得ないですわ！

ブンブンと頭を振ってどうにかこの自分に都合がいい妄想《もうそう》を吹《ふ》き飛《と》ばそうとしていると、

ピクセル・ルノー様がクスリと笑った。

「……何だか、あなたを見てると、こんな緊迫《きんぱく》した状況なのに、気が抜《ぬ》けるわ。悪役令嬢のはずなのになぁ……。憎《にく》めないいや」

「あ、『悪役令嬢』!?」

またこの言葉が彼女から出た。そうだ、この機に何か知っているのか聞いてみようと思ったのだが……、

「悪役って感じじゃないものね。ヒロインの私の方が……端役《はやく》って感じ。結局異世界に生まれ変わっても……私って主役にはなれないのね」

ピクセル・ルノー様の『変態物語』の妄想が始まってしまった。きっと、この状況でもご自身を落ち着けるために妄想しているのでしょう。

いいですわ、お付き合いいたします！

「聞かせてくださいませ、ルノー様の『物語』を！」

「な、何、急に！　……聞いてもつまらないわよ。まあ、暇つぶしに話してあげる。あっちの世界の私は根暗で引っ込み思案《じあん》だったの。友達と遊んだり、恋をしたりなんてできなかった。内気でゲームばかりしていたの。ゲームでは自分じゃない自分になれるから」

あっちの世界とは庶民《しょみん》だった時のことでしょうか？　『ゲーム』とかはよくわかりませんが、庶民だったピクセル・ルノー様が心のよりどころに『変態物語』を妄想して生きて

いたということでしょうね。

なりたい自分が『変態』であったことは少し残念な気がしますが。ピクセル・ルノー様のお話には、少し胸が締《し》め付《つ》けられた。

「ゲームの世界に転生して、変われると思ったの。私は私なのに、馬鹿よね。本来の時期じゃなくて無理やり『癒しの力』を発現させたから、力も安定して使えなくなっちゃうし。頑張っても、バッドエンドになっちゃうし、破滅も防げなかった。私らしい終わりだわ」

『ゲームの世界』＝貴族社会にいきなり放り込まれ、もがいていたピクセル・ルノー様。『主人公（あざといヒロイン）』を頭の上に浮かべた彼女は、私と同じく『破滅』を防ごうと必死だったのかもしれない。『破滅』って何なんでしょう……と疑問に思わなくもありませんが。

その気持ちは痛いほどわかった。だって、私の頭の上の『悪役令嬢（破滅する）』の文字もどんなに努力しても、頑張っても今まで変わらなかったから。

「ルノー様……」

「もう、何もかも終わりだわ……」

抱《かか》えた膝《ひざ》に顔を埋め、ピクセル・ルノー様は肩を震わせた。庶民だった彼女に貴族の世界はどんなに酷《こく》だっただろう。妄想の世界に身を投じ、自身を痛めつけてまで『変態物語』を続けようとした。

そんな彼女を、私は放ってはおけなかった。

「ルノー様、終わりではありませんよ。今からだって遅《おそ》くないですわ。友達と遊んだり、恋をしたり、できますわ！　『破滅』だって、防げるかもしれません。希望は捨てない限り、私達の頭の上に降り注ぐと私は信じております！」

貴族社会でもきっと、ピクセル・ルノー様が希望を持って生きる道はあるはずですわ。

そのために善行令嬢である私は協力を惜《お》しみません！

「……あなたって、本当に前向きよね」

「ええ！　後ろを向いたって良いことはありませんもの！　ではルノー様、手始めに私と友達になりませんか？」

今までは教育係として携《たずさ》わってきましたが、彼女がお友達を欲《ほ》しいのならば、やぶさかではありません。

たとえ彼女が変態でも……私は彼女の手を取りたい。

「なっ！　わかってるの？　ヒロインと悪役令嬢よ？　私達……」

「『(変態) 物語』は変えられますわ、ルノー様」

そう言って手を差し出すと、ピクセル・ルノー様は目を丸くした後、ポロリと涙を零《こぼ》し、照れくさそうに視線を外した。

「ピ、ピクセルって呼んで。友達、なんでしょう？」

ツンとしながら、可愛《かわい》いことを言ってくる彼女に、思わず小動物が懐いたような喜びを感じてしまった。

「はい、ピクセル。私のこともルイーゼとお呼びください」

「な、何嬉しそうに笑ってるのよ！　私達ピンチなのは変わらないんだからね！　ル、ルイーゼ」

「ふふ。そうでしたわね。どうにか脱出方法を考えなければ！　石造りの部屋でも、何処か老朽《ろうきゅう》化している箇所《かしょ》を探せばぶち壊《こわ》せると思いますか？」

「な、なんでそう脳筋なのよ……っ！」

二人で脱出方法について案を出し合っていると、ドカァァアンと大きな爆発音《ばくはつおん》がして、部屋がぐらぐらと揺れる。

「きゃぁぁぁあっ！」

私とピクセルは身を寄せ合い、揺れに耐《た》える。

「え⁉　なんですの⁉」

「破滅……、破滅だわ！　わーん！　嫌《いや》よ――‼」

泣き出してしまったピクセルの手をぎゅっと握《にぎ》り締めた。

「大丈夫ですわ！　きっと、なんとかなりますわ！」

そうは言ったものの、この爆発が人為《じんい》的なものなのか、自然発生的なものなのかもわからなかった。もしかしたら……『破滅』が近付いているのかもしれない。

階段から落ちた時が『破滅』なのだと思ったが、あの時は違った。

でも、今度こそ本当に『破滅』の運命がやってきたということ⁉

爆発音が徐々に近付き、ぎゅっと目を閉じた。

――ああ、『破滅』するのなら、最後に、シルヴィール様にお会いしたかったですわ。

なんて思った瞬間――

「ルイーゼっ！」

シルヴィール様の声が聞こえたような気がした。


今日は朝から変な胸騒《むなさわ》ぎがした。俺の予感はよく当たる。

「至急の用事が入った。私は王宮へ戻る。ダルク、ルイーゼを頼《たの》んだよ」

そう言って王宮へと向かったシルヴィールを見送った後、学園に向かいルイーゼ嬢を捜《さが》したが、何処にもいなかった。足取りを捜すが、目撃《もくげき》情報すらない。

「どうされたのですか？　メルディス様」

そうレインデス嬢に話しかけられた。

「ルイーゼ嬢の居場所を知らないか？」

「えっ？　ルイーゼ様ですか？　先ほどまでご一緒していたのですが、もう少し鍛錬をすると言っていましたわ。鍛錬もかねて学園の周辺で走り込みをされているのではないでしょうか。最近凪になりたがっている様子でしたし」

レインデス嬢の言葉に、最近鬼気迫る様子で鍛錬していたルイーゼ嬢が脳裏《のうり》に浮かんだ。鍛錬場での走り込みでは足りず、学園の外まで走りに行ってしまった可能性も否《いな》めない。

「ありがとう、捜してみよう。もしルイーゼ嬢を見かけたら教えてくれ！」

そう礼を言って、学園周辺を捜し回るが、全く手がかりがなかった。伯爵家にも問い合わせ、まだ帰宅していないとの情報に気持ちが焦った。

こんなにも居場所がわからないならば、攫われた可能性が高くなってくる。

ルシフォルやジョルゼにも協力を依頼《いらい》し、捜し回るがやはり痕跡《こんせき》はない。

「シルヴィール様にご報告した方が良いでしょうね」

「……そうだな」

王宮へと急ぎ駆け付けると、冷たい表情をし、負のオーラを放っているシルヴィールが佇《たたず》んでいた。

これは何かあったに違いないと思いつつ、ルイーゼ嬢のことを急いで告げる。

「シルヴィールっ！　緊急《きんきゅう》事態だ！」

「……」

「すまない、ルイーゼ嬢が何者かに攫われた！　姿が見えないんだ！」

そう言った瞬間、シルヴィールの周囲の温度が氷点下まで下がり、辺り一面凍り付きそうなくらいに冷え込んだ気がした。

騎士団で鍛《きた》えられている俺でさえ、足がすくみそうなくらいの殺気に息を呑《の》む。

「そう。ルイーゼに手を出すなんてね……」

「ルシフォル達も動いている。早急《さっきゅう》に捜索隊を――」

「今さっき報告が上がったんだ。怪《あや》しい魔術《まじゅつ》が使える他国の裏組織の者が、王国に侵入《しんにゅう》し、怪しい闇市《やみいち》が開かれている。そこで珍しいものが競売にかけられる予定だと……」

闇市の開催《かいさい》と共に姿を消したルイーゼ嬢――。

そして珍しいものとは、まさか『異能』を持つ彼女では――

そう思い至った瞬間に、俺はシルヴィールの怒りが頂点に達したのを感じた。

「ルイーゼには『王家《ロイヤル・ブルー・サファイア》の秘宝』を身に付けさせているから命に別状はないだろう。ダルク、私と共に来い。この件の指揮権を父上に貰《もら》いに行く」

「はっ⁉　お前、まさか……っ」

そのまま国王の謁見《えっけん》の間に連れていかれ、俺は正直生きた心地《ここち》がしなかった。

「父上、ルイーゼが攫われました。恐らく、他国の裏組織の者が関わっているかと。この件について私に捜索と指揮の許可を頂きたい」

「ふむ。仕方なかろう。許可する」

国王はそう言って、シルヴィールのこの誘拐事件についての全ての権限と指揮権を認めた。シルヴィールは深く頭を下げ、そのまま謁見の間を後にする。

国王よ、いいのだろうか、この王子は絶対に愛《いと》しい婚約者のために暴走するぞ！　そう思って胃がキリキリと痛んだ。

「さあ、父上の許可も頂いたことだし、犯人をあぶり出そうか」

微笑んでいるのに背中がゾクリと寒気を覚えるのは気のせいだろうか。

「至急、王宮騎士団を召集してくれ」

シルヴィールによって、王宮騎士団が直ちに召集される。

「早急に我が婚約者を捜索せよ。メルディス団長、敵は完膚《かんぷ》なきまでに薙《な》ぎ払《はら》っていただいて結構です。いや、止《とど》めは私が刺《さ》す」

王国騎士団団長である親父《おやじ》に柔《やわ》らかい口調だが、命令を下すシルヴィールにぎょっとする。まずは誘拐かどうか判断するために捜索隊を出し、調査後に騎士団を派遣するのが普通である。それをすっ飛ばして王国騎士団を動かすなんて前代未聞《ぜんだいみもん》だ。

「ナイル王国の第二王子、シルヴィールの名のもとに命ずる！」

「はっ！　仰《おお》せのままにっ！」

涼《すず》しい顔をして王国騎士団を動かしたシルヴィールの本気度にぞっとした。

親父は頭を下げ、騎士団員に命令を下していき、大規模な捜索が開始された。

俺とシルヴィールは王家の影《かげ》と呼ばれる隠密《おんみつ》が突《つ》き止《と》めた闇市が開かれている市場へと潜入《せんにゅう》する。他国の怪しい奴《やつ》らが密輸されたであろう商品を並べ、競《せ》りをしていた。宝石から武器までありとあらゆる商品の中に、明らかに奴隷《どれい》と思われる人の売買もされており、その無法地帯ぶりに眉をひそめた。

奴隷が商品として並べられている中にルイーゼ嬢の姿がないことに胸を撫《な》で下《お》ろしつつも、この闇市をどうしたものかと頭を悩ませる。まずは親父に報告して——と段取りを考えていたが……。

「とりあえず、この裏組織は一網打尽《いちもうだじん》に吹き飛ばそうかな。密輸に密売。証拠《しょうこ》は押さえたし——」

「ま、待て、シルヴィールっ！」

俺の勘《かん》が告げる。絶対にこれは危険なやつだ！

危険を察知した俺は、シルヴィールがやりすぎないように防波堤《ぼうはてい》の役割をしなければと、シルヴィールを止めようとした瞬間——。

『大気よ……爆《は》ぜろ——』

ドカァァァァァァァンと大爆発が起こっていく。手加減なしの王子はもはや無双《むそう》だ。

闇市を防衛していたらしい怪しい集団が片《かた》っ端《ぱし》から戦闘《せんとう》不能にされていき、騒ぎで駆け付けた王宮騎士団が回収していった。

証拠は有能な王家の影が残らず収集し、奴隷達は騎士団によって保護されていく。

「お前達は誰の命令でこの国に潜入していたのかな」

「い、言うわけないだろっ！」

「別に、今すぐお前を吹き飛ばしてもいい。欠片《かけら》も遺《のこ》さずな……」

「ひぃぃぃぃ!!」

闇市の元締《もとじ》めだと思われる奴らをつるし上げ、情報を吐《は》かせ、根絶やしにしていく。

その残酷《ざんこく》なまでの見事な手腕《しゅわん》に、俺は遠い目をしたくなる。

王宮騎士団の活躍《かつやく》もあり、ルイーゼ嬢の居場所は徐々に絞《しぼ》られてきた。王都の外れにある、最近買い手がついたばかりの豪邸《ごうてい》が怪しいと見て、闇市は騎士団に任せ一足先にシルヴィールと俺がそこへ向かっていた道中――。

「あら、メルディス様に、シルヴィール殿下。どうされたのですか？」

優雅《ゆうが》に微笑むジュリア・レインデス子爵《ししゃく》令嬢に声をかけられた。

「もしやルイーゼ様をお捜しですの？　この辺りではお見かけしませんでしたわ。それに、先ほどは言えなかったのですが……ピクセル・ルノー男爵令嬢をお調べになった方が良いと思いますわ」

レインデス嬢の言葉に、シルヴィールは作ったような笑顔を向ける。

「それはどうしてかな？」

「私、彼女が殿下や側近の方々の気を引くために、暴漢に攫われるという計画をお聞きしましたの。ルイーゼ様は必死に阻止《そし》しようとされていたみたいで……。その計画に巻き込まれたのではないでしょうか」

暴漢を自分に……!?

正気の沙汰《さた》とは思えない行動に眉をひそめる。しかし、いつも予想外の行動をするあの男爵令嬢ならばやりかねない。

もしルイーゼ嬢がそれに巻き込まれていたとしたら――。

「君は何故その計画を知っていたの？」

「偶然《ぐうぜん》お聞きしましたの。でもまさか実践《じっせん》するとは思わなくて、ご報告が遅《おく》れまして申し訳ありません」

震えながら俯《うつむ》く令嬢を尻目《しりめ》に、シルヴィールは自分の『影』に向かって冷静に指示を出す。

「すぐに調べろ」

音もなく、影が消える。まだ何か言いたそうにしているレインデス嬢は、意を決したように口を開いた。

「あ、あの、私にご協力できることはありませんか⁉　ルイーゼ様のために何かしたいのです。父が幅広《はばひろ》く商《あきな》いをしておりまして顔は広いですわ。何かお役に立てるかもしれません」

いつも大人しそうなレインデス嬢がルイーゼのために声を上げる姿に少しジーンとしていると、シルヴィールはいつものような胡散臭《うさんくさ》い作り笑いを浮かべた。

「それは助かるよ。お父上にお会いできるかな？」

「は、はい！　すぐに連絡《れんらく》をとりますわっ！」

レインデス子爵家に招かれ、レインデス子爵が俺達を迎《むか》え入れてくれた。

「第二王子殿下が我がレインデス家にいらっしゃるとは……光栄でございます」

流石は元侯爵《こうしゃく》家だ。没落《ぼつらく》したとはいえ豪華《ごうか》な屋敷である。シルヴィールは応接間で子爵と向き合い情報を聞き出しているようだった。

「実は、ルノー男爵が怪しい動きをしていると商人の間でも噂《うわさ》が流れておりまして。神殿《しんでん》と共謀《きょうぼう》し、養子にしたピクセル嬢を聖女に祭り上げようとしていると。これが証拠です」

子爵より証拠がいくつも提示された。神殿との繋《つな》がり、賄賂《わいろ》、国の中枢《ちゅうすう》との取引など――表に出れば、爵位《しゃくい》の剝奪《はくだつ》では済まない不正だらけだ。

「恐らく、殿下のご婚約者のジュノバン伯爵令嬢を、ピクセル嬢と殿下の婚約に邪魔だとの理由で拉致し、傷物にしようとの魂胆《こんたん》でしょうな……、許すまじき行為です」

「こんなに膨大《ぼうだい》な資料を準備するのは大変だったでしょうね。まるで事前にこうなることがわかり準備したみたいに周到《しゅうとう》だ」

シルヴィールはニッコリと笑いながら資料から目を離《はな》した。

「子爵の先読みの才には恐れ入りますね」

「お、お褒《ほ》めに与《あずか》り光栄です」

「証拠はこちらでお預かりしますね。ご協力感謝します。今ルノー男爵が拠点《きょてん》にしていると思われる屋敷に向かう途中なのですが、子爵が同行してくれれば話が早そうだ。どうでしょう？」

にこやかに言ったシルヴィールに子爵は快く同行してくれることとなった。


ルイーゼ嬢が心配だからとジュリア嬢も一緒に来ることとなり、四人で例の豪邸へと向かう。馬車に揺られ、豪邸に近付くと徐々にジュリア嬢の顔色が悪くなってくる。やはり令嬢には恐ろしいのだろうかと心配になる。

辿《たど》り着《つ》いた豪邸の前でシルヴィールが、

「ルーク、どうだった？」

と何もない空間に話しかけたと思ったら、黒装束《くろしょうぞく》の男がシルヴィールの足元に跪いていた。

確かルイーゼ嬢が買収した暗殺者じゃ……。

「はいー、真っ黒でしたねー。魔術の痕跡も、誘拐の証拠もバッチリですー」

この豪邸をもう調べたのか⁉　素早すぎる仕事に吃驚《びっくり》していると、シルヴィールがスタスタと歩き出した。

「ど、どこ行くんだ⁉　そっちは――」

『爆ぜろ――』

ドカァァァァンと爆音《ばくおん》がして、豪邸の門が、シルヴィールの固有魔法によって大破していた。

爆発音を聞きつけ、異国風の男達が一気に門まで駆け付けてくる。そいつらの風貌《ふうぼう》は先ほどシルヴィールが殲滅《せんめつ》させた闇市にいた奴らとよく似ていた。

「お前ら、誰だっ、いきなり何なんだっ⁉」

「お前達が知る必要はない。屋敷を調べさせてもらうよ」

「させるかっ――」

男達がシルヴィールに飛び掛かろうとした瞬間――

『爆ぜろ――』

シルヴィールが固有魔法を唱え、一瞬《いっしゅん》で男達は吹き飛び戦闘不能となり、地面で伸《の》びていた。

こいつの強さは歴代随一《ずいいち》だ。その化け物染《じ》みた強さと、人形のような綺麗《きれい》な容姿が相反しており、その異様さに誰もが恐れを抱《いだ》く。幼馴染《おさななじ》みの俺でさえ、シルヴィールは敵に回したくないと思うほどだ。

レインデス子爵も、レインデス嬢も圧倒的《あっとうてき》な魔力《まりょく》に呆然《ぼうぜん》としていた。シルヴィールは全く気にした様子はなく、そのまま豪邸の中に足を踏《ふ》み入れた。

屋敷の中の人間は眠《ねむ》らされており、ルークの仕業だと感服する。迷うことなく歩を進め、ある部屋の前でシルヴィールは歩みを止めた。

ドアを開けると、そこは魔術の本やら、呪術《じゅじゅつ》の書かれた紙やらが散乱していた。部屋の中央には何やら魔法陣《まほうじん》のようなものも描《えが》かれている。

「これは……、尊き第二王子殿下に危険が及《およ》ぶかもしれぬ部屋です。さあ、すぐに去りましょう。違う部屋にルノー男爵の秘密があるかもしれませんよ」

レインデス子爵が焦ったようにドアを閉めようとした。しかし、シルヴィールはそのまま部屋に入る。

「これは、呪術の跡《あと》だ。我が国にはない術式……。危険なものだから、跡形《あとかた》もなく滅《めっ》してしまわなければね」

シルヴィールが固有魔法を唱えようとした瞬間、レインデス子爵がシルヴィールの前に飛び出た。

「殿下に何かあったら申し訳が立ちません。ここは専門の者に任せましょう」

「私なら問題ない。それよりも、この術式を壊されたら困ることでもあるのかな？」

慌《あわ》てだすレインデス子爵の後ろで、レインデス嬢は青ざめていた。俺は全くわけがわからず、首を傾《かし》げた。

「上手《うま》く尻尾《しっぽ》を隠していたみたいだけど、とうとう耐えきれなくなったのかな。何年も私や王家を狙《ねら》ってきた黒幕は……レインデス子爵、お前だ――」

シルヴィールの冷たい声が、子爵を凍り付かせる。え？ ルノー男爵じゃなかったのかと俺は混乱中である。

「我がレインデス家は王家に忠誠を誓《ちか》っております。まさかそんな……」

「私が大人しく精神操作の魔法にかかったと思っているのか？ 我が身に呪術を受けたのは、黒幕を暴《あば》くためだ」

シルヴィールが胸に手を当てると、黒い靄《もや》の残骸《ざんがい》が微《かす》かに漏《も》れ出し、部屋の中を彷徨《さまよ》い、子爵へと戻っていった。

「呪術は解呪《かいじゅ》、または破壊《はかい》されると依頼主へと戻る性質がある。城の魔法師に依頼し、わざと身体の中に微量《びりょう》の呪詛《じゅそ》を残してもらった。黒幕を見つけるためにな……。今それを私の魔法で破壊した。呪詛が今お前に戻っていったのが何よりの証拠だ」

自分を犠牲《ぎせい》にしてまで黒幕を見つけようとするシルヴィールに咎《とが》めるような視線を向け

るが、涼しい顔をして受け流された。

レインデス子爵は唇《くちびる》を噛《か》み締め俯いた。もう言《い》い逃《のが》れできないと悟《さと》ったのだろう。

「他国から魔術師を雇《やと》い入れ呪術を研究し、『精神操作』の魔法を完成させたのだろう。私の精神をその魔法で操作し、没落させられたことへの恨みを晴らそうとしたのか、返り咲《ざ》こうとしたのか……。その計画に障害になるだろう私の婚約者と、婚約者候補と言われていた聖女候補を害し、空いた婚約者の席に自分の娘《むすめ》でも据えようとしていたのか」

淡々《たんたん》と話すシルヴィールに、子爵の顔色は益々《ますます》悪くなっていった。

「残念だけど、全ての計画は妨害《ぼうがい》させてもらった。闇市も、それに関わった者達も全て捕《と》らえている。この拠点にもすぐに騎士団が到着《とうちゃく》する。牢《ろう》の中で己《おのれ》の罪を悔《く》やむのだな」

「う、うわぁぁぁぁぁ!!　若造が偉《えら》そうにっ！」

言い逃れできないと見て、いきなり逆上した子爵は、懐《ふところ》から禍々《まがまが》しい水晶《すいしょう》を取り出した。あの魔獣《まじゅう》と同じ黒い煙《けむり》が出てくる。

またシルヴィールが呪詛にやられてしまうと、庇うように前に出ようとした瞬間――

『爆ぜろ――』

シルヴィールはその禍々しい水晶ごと器用に爆破《ばくは》させた。

散り散りになった水晶から出た黒い煙も微《び》調整した魔法で爆破させ、その瞬間に、子爵は呪詛返しに遭《あ》ったのか、白目を剝《む》いて失神した。

「理屈《りくつ》さえわかれば、どんなものでも爆破できる。たとえ呪詛だとしてもね……。さあ、もう手札はないかな？　レインデス嬢、君も取り調べを受けてもらう」

「わ、私は、何も知らなかった、無関係ですわっ！」

そう言って逃げ出したレインデス嬢の行く手を、爆発音を聞いて駆け付けた騎士団が塞《ふさ》いだ。

「きゃぁぁぁぁ！」

捕らえられた瞬間に気を失った彼女に、シルヴィールは冷たい視線を向けていた。

しかしルイーゼ嬢の居場所を聞き出す前に子爵も令嬢も気絶してしまい、どうしたものかと思っていると、シルヴィールは胸元《むなもと》のネクタイピンに嵌《は》められた『王家の秘宝《ロイヤル・ブルー・サファイア》』に手をかざした。

「我が愛しき婚約者の居場所を指し示せ――……」

そうシルヴィールが唱えると、『王家の秘宝《ロイヤル・ブルー・サファイア》』が、眩《まばゆ》く光り、この屋敷の地下を指し示したのだった。ルイーゼ嬢に肌身《はだみ》離さず付けるよう脅《おど》していたブローチに嵌められた『王家の秘宝《ロイヤル・ブルー・サファイア》』とシルヴィールのネクタイピンに嵌められた『王家の秘宝《ロイヤル・ブルー・サファイア》』は元々一つの原石を分けたものであり、近付くと互いの位置を教え合う性質がある。

更《さら》に、ルイーゼ嬢のブローチには護《まも》りの魔法やら防御《ぼうぎょ》の魔法やらが何重にもかけられており、崖《がけ》から落ちても、大砲《たいほう》を打ち込まれても傷一つ付かないような鉄壁《てっぺき》の守りが施《ほどこ》されている。恐らくルイーゼ嬢は気付いていないだろうが……。

シルヴィールの重すぎる愛情に俺は少し怖くなったのだが、ルイーゼ嬢が危機にさらされた今は、過保護すぎるシルヴィールの束縛《そくばく》も役に立ったのだと思える。

「さあ、ルイーゼのいる地下以外は吹き飛ばそうか」

「ちょっと待て――っ！」

冷静そうに見えたシルヴィールは実はブチ切れていたようで、俺の声は、爆音にかき消されるのだった――。


「ルイーゼっ！」

爆音と共にシルヴィール様の声が聞こえた気がした。

急に暗い地下の部屋に光が差し込み眩《まぶ》しくて目を閉じた。気のせいかしらと気が遠くなりかけた時、温かな何かに包み込まれた。

ふわりと香る太陽みたいな温かみのある匂《にお》いに涙が零れそうになった。

「シル……ヴィール……さま……？」

光に目が慣れてくると、目の前に透《す》き通《とお》った銀色の髪《かみ》が見え、シルヴィール様に抱きしてた。

「ルイーゼっ……！　無事で良かったっ！」

今まで見たことないほど、余裕《よゆう》がない表情をしたシルヴィール様に胸がドキリと音を立
められていることがわかった。

「ああ、もう泥《どろ》だらけじゃないか！　怪我《けが》はないかい？」

身を離したと思ったら、今度は全身をくまなくチェックされる。

心配気にこちらを覗《のぞ》き込む人物をもう一度しっかり見つめてみても、本物のシルヴィー
ル様で間違《まちが》いなさそうだ。まあ、この泥だらけになった理由は、調子に乗って馬車の荷台
から飛び降りた自分のせいでもあるが、黙《だま》っておいた方がいいだろう。

「すまなかったね……。もっと早く辿りついていれば……」

「い、いえ！　むしろ大事な御身《おんみ》で危険な場所に乗り込むなんて！」

再会した衝撃《しょうげき》で吹っ飛んでいたけれども、シルヴィール様はこの国の第二王子だ。武
装した集団がいるかもしれない危険な場所に乗り込んできてますわよね⁉

見た感じ……先陣《せんじん》を切って乗り込んできてますわよね⁉

シルヴィール様に何かあったら、助かったとしても私の首が飛びますわ！

真っ青になる私の頭をシルヴィール様は優《やさ》しく撫でた。

「当たり前だろ？　君が攫われたんだ。……心配したよ」

また激甘《げきあま》なシルヴィール様になっているんですけれど⁉

眩しさと照れくささで目が開けられません！

「私もいるんだけどね」

ボソッとピクセルが呟いたのも耳に入らないほど、私は動揺していた。

だって、シルヴィール様が私を抱きしめたり、頭を撫でたり、甘い瞳で見つめてきたり
……有り得ないことばかり起こるのですもの。

「ご、ご心配おかけしました！　私は無事ですので、そのっ」

もう少し離れてくださいませっ！

そう心から願った瞬間――

「いや――、こちらはあまり無事じゃないがな……」

雰囲気《ふんいき》をぶち壊すような呆れた声が後ろからする。

「だ、ダルク様！」

何故かボロボロになったダルク様がいた。

「シルヴィール、お前無茶しすぎだ。いくつ建物破壊したと思ってるんだ。後処理を全て
俺に押し付けやがって……」

「有能な友人がいると助かるよね。父君にもよろしくね」

物騒《ぶっそう》な言葉が聞こえたような……。騎士団総出で救出作戦を決行されてました……？

そして、先ほどの爆発音は……——

いいえ、考えたら終わりですわ！

恐ろしい疑念が湧《わ》いてしまい、必死で抑《おさ》え込んだ。

「犯人含《ふく》め、全員吹き飛ばしやがって……」

「命まではとってないから、いいだろう？」

爽やかに微笑むシルヴィール様にダルク様は遠い目をしていた。

……シルヴィール様、一体どのような無茶をされたの？

「ルイーゼを攫った犯人も、その裏で糸を引いていた黒幕も全て捕まえたから安心してね。それに……ピクセル嬢。君にも聞きたいことが沢山《たくさん》ある。特にこの誘拐と暴漢を差し向けた事件についてはね？」

そう言ったシルヴィール様は、見たことのない冷たい表情をされていた。

「ぎゃー！　ちょっと、私は巻き込まれただけよ！　何も悪くないわよー！」

ピクセルが私の陰に隠れる。何か心当たりでもあるのだろうか？

暴漢を差し向けると聞いて、嫌な予感はしますけど……。

え？　まさか、ピクセル、まさかですわよね？

「まあ、後でお友達と一緒にゆっくり聞こうか。まずはルイーゼを安全な場所へ」

お友達……？

ピクセルは顔を真っ青にして俯いてしまった。

「シルヴィール様、彼女にもきっと深いわけがっ！」

そうピクセルを庇おうとすると、唇に指を当てられこれ以上話せなくなってしまった。

「ルイーゼは、医務官に診《み》てもらおうね」

シルヴィール様はそう言って私を横抱きにした。

「ふぇっ⁉」

地下室を出てどんどん階段を上っていくシルヴィール様に身を任せるしかできない。

全く表情を変えず私を抱きかかえているのに、不思議とシルヴィール様の鼓動《こどう》と私の鼓動は早鐘《はやがね》を打っているかのように重なるのだった——。


ところどころが吹き飛ばされ、廃墟《はいきょ》のような屋敷を出ると、そこには地面に膝をつき、騎士達に身柄《みがら》を拘束され気絶している様子のジュリア様の姿があった。

「ジュ、ジュリア様……？　シルヴィール様、これは一体どういったことなのでしょうかっ！　ジュリア様は何故……っ」

「今回の拉致・監禁事件を企《たくら》み実行したのはレインデス子爵家だ。ピクセル嬢を唆《そそのか》し、暴漢を斡旋、ルイーゼを気絶させ、連れ去り監禁するように命じたのは……彼女だ」

そう言われ、私は必死に考えないようにしていた真実に目を向けざるを得なかった。

そうだ……私は攫われる直前にジュリア様に呼び出され飲み物を貰ったんだ。そして意識がなくなって気が付いたら囚われていた。

けれども、ジュリア様は、毎日鍛錬を頑張られ、一緒に善行令嬢を目指していた同志だったのに……、こんな悪事に手を染めるなんて、信じられない。

「何かの間違いですわ。ジュリア様は、そのようなことは……」

「あーっ！　この女よ！　私に協力してあげるって、暴漢役を紹介してくれたのは！　でも何故か拉致されちゃって、裏切られたのよーっ！」

ダルク様に付き添《そ》われ、地下から脱出したらしいピクセルがジュリア様を指差してまくしたてた。

「ピクセル……。暴漢事件は諦めるって約束しませんでしたっけ？　勝手に動いたんですの⁉　危ないじゃないですか！」

「だ、だってぇ！　ごめんなさいーっ！」

全く、いくら性癖のためだとはいえ、危なすぎますわ。けれども、もし、ピクセルの言葉が本当だとしたら……。

気を失っているジュリア様を見つめると、ピクセルの大声に眉をひそめ、そのまま薄《うっす》らと瞼《まぶた》を開いた。

「ジュリア様っ！」

気付いたジュリア様に声をかけようとすると、シルヴィール様に横抱きにされたままの私を見て彼女は凍《い》て付くような冷たい瞳になった。

しかし瞬時《しゅんじ》にいつものジュリア様の表情に戻る。

「殿下、ルイーゼ様っ、全ては誤解でございますっ！」

「へえ、あれだけの証拠が揃《そろ》っていてもまだ申し開きするのかな」

「父も、私も、レインデス家やナイル王国を思ってしたこと。信じてくださいっ！」

悲痛なジュリア様の声にも、シルヴィール様は淡々とした態度を変えなかった。

「君達がどのような罪を犯《おか》したのかは、また牢の中でゆっくり聞こう」

「っ……」

シルヴィール様の冷たい声に、横抱きにされている私までビクリと肩を震わせてしまった。

どうにかして横抱き包囲網《ほういもう》から抜け出し、この話し合いに参加したいともがいていると、何故かシルヴィール様は私を見つめ、ぎゅっと強く抱き直し、額に口付けを落とした。

「ルイーゼ、大丈夫だ。すぐ終わる」

「ひゃ——っ！　いいえ、いいえ、シルヴィール様っ！　下ろしてくださいませっ！」

必死に抵抗《ていこう》していると、ジュリア様が憎悪《ぞうお》の光が灯《とも》った瞳を真っすぐに私に向けていた。

「……やっと、あんたの座を奪《うば》ってやれると思ったのに……」

「ジュリア……さま……？」

いつものジュリア様からは信じられないほどの冷たい声に、目を見開いてしまった。

「ルイーゼ・ジュノバン……。ずっと、あんたが憎かった。本当なら、侯爵令嬢である私が殿下の婚約者になるはずだった！　血筋も家柄《いえがら》も……私の方が相応《ふさわ》しかったのに！　それに、お祖父様は不正を働くような方じゃなかった！　嵌められたのよ！　だから、全てを正そうとしたの。お父様が沢山の味方を作って、侯爵の位に戻れるようになるって……私も殿下の婚約者に……っ。だから、婚約者候補に挙がっている汚《けが》らわしい聖女候補とあんた諸共《もろとも》闇市で売り払って処分しようとしたのに……」

大人しいジュリア様とは別人のような彼女は、憎悪に染まった瞳で私とピクセルを睨《にら》みつけた。

「あんた達が売り払われるのを、高みの見物する予定だった。でも人買いの奴らはあんたのブローチを見て手出しはできないって逃げ出そうとするし……結局お父様の計画の通り、地下室に閉じ込めるしかできなかった……」

「ブローチ……？」

そういえば、入学式からずっとシルヴィール様に頂いた蒼《あお》い宝石が付いたブローチを身につけていた。このブローチが、私達を護ってくれた……？

「王家の者に手出しする馬鹿な者は国内にも国外にもいないだろうからね。それにこのブローチには防御の魔法を重ね掛けしてある。『王家の秘宝《ロイヤル・ブルー・サファイア》』だ」

「えぇっ⁉」

王子妃教育で聞いたことはあった。でも実物なんて見たことがあるはずもなく……。まさかこの胸元に輝《かがや》いている宝石が『王家の秘宝《ロイヤル・ブルー・サファイア》』だったなんて。

そんな大層なものを……気軽に贈《おく》らないでくださいませっ！

胸元が一気に重たく感じる。

「大事に護られていたってわけね。そんな何の価値もない……伯爵令嬢なんかに、私は負けたっていうの……？　認めないわっ！　殿下に相応しいのは私よっ！　ねえ、殿下。私と婚約してくださいませ！　血統は由緒《ゆいしょ》正しき侯爵家ですわっ！」

ジュリア様の言葉に、シルヴィール様の周りの温度が一気に下がった気がした。

「彼女を侮辱《ぶじょく》することは許さない。お前と婚約などするはずがない。私の唯一の宝物に手を出したからには……覚悟《かくご》するんだね」

「ひっ……」

シルヴィール様の言葉に、ジュリア様の瞳から力が抜けていく。

「過去の栄光にしがみ付き……道を誤った。その罪は重い。レインデス子爵家は取り潰《つぶ》し、一族は反乱の意があると見て投獄《とうごく》の末、刑《けい》に処されるだろう」

「あああああああっ、嘘《うそ》よ、いやぁぁぁぁ！」

泣《な》き叫《さけ》ぶジュリア様に、胸が苦しくなった。彼女と一緒に鍛錬したこと。一緒に汗《あせ》を流し、身体を鍛え、笑ったり、励《はげ》まし合ったりした。悪役令嬢同盟で、絶対に一緒に破滅を回避しようと……仲間だと、そう思っていましたのに。

どこで間違えてしまったのでしょうか。

彼女は彼女なりに、自分の夢を叶えるために奔走《ほんそう》しただけ。それが間違った方向だっただけで……。

だからといって許される罪状ではない。国に反旗を翻《ひるがえ》してしまったのだから。できるならば、罪を犯す前に……友人として止めたかった。

「ルイーゼ……？」

「シルヴィール様、下ろしていただいても？　私は、彼女とお話をしなければ」

真っすぐにシルヴィール様を見つめると、ふうっとため息を吐かれ、ゆっくり彼の腕《うで》の中から解放され、地面に着地した。

私はジュリア様の前まで赴《おもむ》きポロポロと涙を流す彼女にハンカチを差し出した。

「何よ、同情？　あんたなんかに、憐《あわ》れまれたくないわっ！」

ハンカチを撥《は》ね除《の》けて、ジュリア様は私に憎悪の視線を向けた。私を庇おうとするシルヴィール様を視線で制して、私はもう一度ジュリア様と向き合った。

「ジュリア様。私は、悔いております。あなたを止められなかった未熟な自分を。一緒に鍛錬した仲間ですのに……」

「仲間だなんて思ったこともなかったわっ！　あんたに取り入るために、やりたくもない筋トレを散々させられて、本当にうんざりだった！　膝も痛いしっ！」

「硝子《ガラス》の膝でしたものね……。でも鍛錬が嫌な割りには楽しそうにしていたではありませんか。それに、その鍛えられた上腕《じょうわん》二頭筋はどうです？　並の努力ではそうはなりません。筋肉は嘘はつきませんわ！」

「っ!!」

ジュリア様は自分の上腕二頭筋を見て、目を見開いた。その瞳からは涙が止めどなく零れ落ちている。

「私は、ルナリア様とジュリア様とダルク様で……毎日のように訓練場で鍛錬を共にして楽しかったです。一緒に鍛錬した日々は忘れませんわ。罪を償《つぐな》ってください。そして、いつかまた……一緒に、鍛錬をいたしましょう？」

投獄されるジュリア様の未来はわからない。けれども、鍛錬仲間として、彼女の更生《こうせい》を心から願う気持ちは伝えたかった。

「だ、誰が……あんたなんかと……」

「ジュリア様。一度失ったものは、決して同じ形には戻りませんが、再構築することは可能ですわ。たるんだ脂肪《しぼう》も鍛え抜けばしなやかな筋肉に変わります。そのように、ジュリア様もやり直せるはずです」

「やり直す……？　無理よっ！　いいわよね、何でもできて、誰からも慕《した》われる完璧な令嬢のあんたはっ！　底辺の私の気持ちなんて、一生わかりっこないわっ！」

「あら？　私だって物心ついた時から『破滅』を防ぐために努力してきたのですよ。自分の運命を変えると約束したので、頑張って、努力して今があるのです。何回も躓《つまず》いて、でも諦めずに前だけ向いてひたすら頑張ってきましたの。だから、完璧令嬢なんかじゃないですわ」

　ずっと周りに隠してきた『悪役令嬢』と『破滅』する未来。それを回避するために、ひたすら頑張ってきたのだ。

　未《いま》だに『悪役令嬢（破滅する）』の文字は変わらないが、努力だけは誇《ほこ》っている。

「ジュリア様、あなたが正しい道を歩けるまで、何度だって、私はあなたを叱咤《しった》します。だって、鍛錬仲間ですもの」

「ううっ……なんで……なんで……」

　蹲《うずくま》って嗚咽《おえつ》まじりに叫ぶジュリア様の上腕二頭筋をそっと撫でた。

　暫《しばら》く泣いて、顔を上げたジュリア様の瞳には、先ほどの憎悪に染まる色はなく、後悔《こうかい》の念が感じ取れた。きっと、彼女は自分の罪を認め、もう一度立ち上がれるはずだ。

「ジュリア様、どこでもできる鍛錬メニューを、ダルク様に考えてもらいますわね」

「い、いえ、もう鍛錬は……」

そう言いながらジュリア様達は騎士に連れていかれた。つい、ポロリと流れ落ちてしまった涙を、シルヴィール様が拭《ぬぐ》ってくれた。

淑女が人前で涙を流すなんて、はしたないですわね。必死に笑顔を作ろうとすると、ぎゅっと抱きしめられた。

「ルイーゼ、君にこのような悪意を向けさせたくなかった。すまなかったね」

「シ、シルヴィール様っ⁉　え、ちょっと、人前ですわよっ！」

「君の涙が止まるまで、こうやって抱きしめている」

「止まりましたっ！　涙止まりましたからっ！」

騒ぐ私に、シルヴィール様がクスリと笑いを零す。

「あ――、何これ、いつまで見せられていればいいわけ？」

ピクセルの呟きに、ダルク様も疲《つか》れたように頷いていた――。

拉致・監禁事件から数日後。

シルヴィール様とのお茶会で事件の詳細とその後について聞いていた。

――この事件は前侯爵であるジュリア様のお祖父様の代で不正が摘発《てきはつ》され、レインデス侯爵家が子爵位まで降格処分になったことが発端《ほったん》だった。

前侯爵の冤罪《えんざい》を主張するジュリア様のお父様は、王家を逆恨《さかうら》みするようになった。

子爵位を継《つ》いでからは怪しい商売に金を費《つい》やし、貿易を通して異国の呪詛と魔術を組み合わせた秘術の存在を知った。魅入《みい》られるようにその怪しい世界に嵌《は》まっていき、魔術師を雇い入れ、資金調達に密輸や不正取引、人身売買にまで手を染めた。膨大《ぼうだい》な資金を元に秘術を研究し、ついに完成させた。

王太子殿下が隣国《りんごく》へ留学されたタイミングで、第二王子であるシルヴィール様に狙いを定め、呪詛を身体に蓄積《ちくせき》させ、精神操作の魔術を発動させたのだ。精神を操作し、まずはジュリア様との婚姻《こんいん》を調《ととの》えようとした。第二王子妃の実家として王族の中に入り込み、ゆくゆくは国王陛下にも精神操作の魔法をかけ、侯爵位を取り戻そうと画策していたらしい。

子爵の誤算はシルヴィール様の精神力と固有魔法の強さだった。術は不完全な状態で気付かれ、解呪されてしまった。

その際に魔術師は呪詛返しで死んでしまい、自分が術を引き継ぐしかできなかったが、途中で術者が変わってしまったため、再度発動させるのに時間を要してしまった。そうこうしている内に、ピクセルの『癒しの力』が発現して焦った子爵は行動に出る。

神殿を唆し、ピクセルを『聖女』に据え、第二王子の婚約者候補にしようと世論を操作した。学園にもジュリア様が噂を流し、ピクセルの地位を確立させた。皆の目がピクセルとルノー男爵に向いているその裏で、ピクセルの立てた暴漢を自分に差し向ける計画を利用して、ジュリア様が私とピクセルを拉致・監禁したのだ。

本来の計画ではルノー男爵に罪を着せるため、拉致・監禁されたのは私だけと事実を曲げ、ピクセルについては拉致・監禁された事実を揉《も》み消《け》し婚約者候補に残るように取り計らうつもりだったらしい。その後、ピクセルに事実を公表するとか言って脅し、自分から婚約を辞退させ、ジュリア様を後釜《あとがま》に推薦《すいせん》させる予定だった。

しかし、私やピクセルへの憎悪を暴走させたジュリア様が独断で私とピクセルを闇市で売り飛ばそうと動いたらしい。ところが、闇市の情報がすぐに王家に知られてしまった。そこから計画に綻《ほころ》びができ始め、シルヴィール様が動き、闇市は摘発され、証拠も揃えられ、全ては失敗に終わり、罪は明るみに出ることとなった。

ジュリア様の生家レインデス子爵家は一族諸共投獄され、ジュリア様のお父様の極刑《きょっけい》は免《まぬが》れないとのこと。実行犯に加わっていたジュリア様については、被害者《ひがいしゃ》である私の嘆《たん》願《がん》もあり、生涯《しょうがい》修道院での幽閉《ゆうへい》になりそうだ。罪を償い、彼女の未来に希望がもたらされることを祈《いの》るばかりである。

「今回は、危険な目に遭わせてしまって申し訳なかったね」

眉尻を下げるシルヴィール様に私は首を横に振る。

「いいえ。私にも隙《すき》があったのですし。ジュリア様については、本当に残念ですが、私もできる限り彼女が更生できるよう助力していきますわ。それに……元はと言えば、私がシルヴィール様の婚約者として、相応しくないと思われたから、このような事件が起きてしまったのですもの――」

そうなのだ。私がシルヴィール様の婚約者になれたのは、『透視《とうし》の能力』があるから。たったそれだけだ。爵位も高くはないし、きっと、もっとシルヴィール様に相応しい相手は沢山いるだろう。今回の事件で、それが浮き彫《ぼ》りになってしまい、もしかしたら婚約解消になるのも仕方ないと覚悟して、シルヴィール様を見つめた。

「『異能者』であるだけの私は、婚約者としてシルヴィール様には相応しくないのではないでしょうか？　……ピクセルの方が――」

そこまで言って、続けられなくなった。

私の頭の上には今も変わらず『悪役令嬢（破滅する）』が浮かんでいる。長年努力し、鍛錬を積み重ねても、この文字は変えられなかった。相応しいわけがない。

「相応しいとか、相応しくないとか、その考え方が間違っているよね。ルイーゼが私の婚約者になったのは、異能の有無《うむ》ではなく私の我《わ》が儘《まま》なのにね」

さらっと言われたシルヴィール様の言葉に私は目をパチパチさせる。

今……何と……？

「驚かせてしまったね。王族たるもの……人に弱みを見せたり、特別を作ったりしない。そう教え込まれてきたからね。君に取る態度もそうせざるを得なかった」

「……………？」

「けれども、遠回しに君に伝わればいいなとは思ってたんだけど。全く伝わってなかったみたいだし、他の男と仲良くしているし、危ないことしかしないし……」

待って、なんですの、これ！

これじゃ……まさか……

「もう色々我慢《がまん》できなくなってね――」

私、勘違いしていたのかもしれませんわ……。

シルヴィール様との間には義務感しかないのだと。

でも……

「好きだよ。ルイーゼ」

そう言って甘い表情をして微笑むシルヴィール様に私の思考は停止する。

……好き？

シルヴィール様が私を⁉

「で、でも、シルヴィール様は……政略的な婚約で……」

「君との婚約は、私の希望だ。初めて会った日から、私はルイーゼ、君が欲しくて仕方なかった」

「えええええっ⁉」

欲しいって何？

頭が混乱してうまく理解できない。

「君は、いつも私を普通の『シルヴィール』にしてくれる。どのような強い力を持っても、私を怖がることもなかった。君だけなんだ、私が私でいられるのは」

「え？　シルヴィール様は……シルヴィール様ですわ？」

キョトンとしている私に、シルヴィール様はまたクスリと笑った。

「そういうところが……凄《すご》く好きだ」

嬉しそうに微笑むシルヴィール様に私は魂《たましい》が吸い取られそうになってしまった。

あ、危ないですわ！

シルヴィール様が、私を好き……？

嘘や冗談《じょうだん》を言っている雰囲気もなく、本気なのだろうか。

「ルイーゼがレインデス嬢に、『運命を変えると約束したので、頑張って、努力して今がある』と言っていただろう？　昔私とした約束を覚えていてくれて嬉しかった」

あの時はジュリア様のことに必死で、ついぽろっと言ってしまったのだが、シルヴィール様も約束のことを覚えてくれていたんだ、と吃驚《びっくり》しつつも嬉しくなる。

「ルイーゼ、好きだよ。君の心が欲しい。想い合った婚約者同士になりたいんだ」

ひゃあぁぁぁあ、どうしましょう！

私の心が欲しいってそれって――

「あ、あの、シルヴィール様、待って……」

「待たない。聞かせて？　ルイーゼは私をどう想っているのかな？」

「わ、わかりませんわっ！　だって、今まで政略結婚だとばかり思ってきたんです。いきなり好きとか、わからない……」

正直な今の気持ちを告げるが、シルヴィール様は納得《なっとく》してくれない。

「そうかな？　ルイーゼの中ではもう答えは出ているように思うけど。難しく考えずに、好きか嫌《きら》いかで考えればいいのではないかな。私のことは『嫌い』かい？」

「そ、それなら、『嫌い』じゃないですわ」

「なら好きってことじゃないかな？」

え？　そうですの⁉

物凄《ものすご》く丸め込まれているような気がしますわ。いいのかしら、こんな感じで答えを出してしまっても。

私の本能が危険を察知していますわ。

「手強《てごわ》いな」

「はえ？」

ボソリと何か言われたような……。

気のせいでしょうか？

「それなら、ルイーゼは私と婚約破棄《はき》しても平気なのかな？　私が、他の誰かと婚姻しても、平気？　こんな風に他の誰かに愛を囁《ささや》いても……」

シルヴィール様の言葉に私の胸はズキリと痛んだ。

想像しただけで、涙が出そうになる。シルヴィール様が私じゃない誰かにこのような甘い表情をし、愛の言葉を告げるなんて、きっと耐えられないと、そう思ってしまった。

婚約破棄したら、私は普通の『伯爵令嬢』に戻る。一国の王子様とはきっと縁《えん》もゆかりもなくなってしまう。シルヴィール様に手を伸ばしても、届かなくなる。

私の頭の上に浮かぶ『悪役令嬢（破滅する）』という文字も、誰にも見えていることを言わなかったのは、ただ破滅したくないからだけではなかった。

こんな文字が浮いていたら、シルヴィール様の婚約者でいられないと、そう思ったから――

「いや……ですわ」

無意識にそう漏らしてしまった。

「それだけ？」

「っ……、シルヴィール様は……私の婚約者です。物心ついた時から、ずっと……」

「何故嫌なの？」


違う。それだけじゃない。

シルヴィール様の、『第二王子』の仮面を外したこの素の表情を、誰にも見せてほしくない。こんなにも、真っすぐで、蕩《とろ》けるような瞳を、私以外に向けてほしくない。

この気持ちは――

『恋ね……』

お母様の声が頭の中に蘇《よみがえ》った。

その瞬間、蓋《ふた》をしていた気持ちが溢《あふ》れ出て、全身が沸騰したかのように熱くなる。

私――……

もしかしたら、シルヴィール様のことを――……

「ルイーゼ？」

「み、見ないでくださいませっ！」

絶対に顔が赤くなっている。恥ずかしくって手で顔を覆うと、シルヴィール様にベリッとはがされてしまい、深い海のような綺麗な蒼い瞳と目が合った。

初めてお会いした時、何て綺麗な王子様だろうと、一瞬目を奪われたことを思い出す。

何をしても完璧で、誰にでも平等で、理想の王子様。時々その完璧な王子様の仮面が外れて、少年のような表情を見せる彼に、心が躍《おど》った。最近は、私にしか見せない甘々な表情や態度に、逐一《ちくいち》心がときめいて。

ピンチの時には誰よりも早く駆け付けて、護ってくれた。抱きしめられると、心臓が止まってしまうくらいドキドキして、手を伸ばしたくなる。

ああ、このような想い……認めるしかないじゃないですか――。

「……ルイーゼ。可愛すぎて困るんだけど」

「ええっ⁉」

「絶対に私以外にそんな表情を見せないって約束してくれるかな？」

シルヴィール様に詰《つ》め寄《よ》られ、私はコクンと頷くしかできなくなる。

逃げ出したい。

今すぐ駆け出して、このドキドキした気持ちを発散させないと、身体が沸騰しそうだ。

いつも的確なアドバイスをくれるタニアも、シルヴィール様から逃げ出す方法は教えてくれなかった。でも、どんなに鍛錬しようが、逃げ出す練習をしようが、シルヴィール様は逃がしてくれそうもない。

いつの間にか、お茶会の席には私とシルヴィール様しかいなくなっていて、王宮の侍女《じじょ》さん達は退出し、ドアも閉められてしまっていた。

え？　いつの間に人払いしましたの⁉

向かい合って座っていたはずなのに、何故か隣《とな》り合《あ》ってますし、距離が、距離が近いですわ！　緊急事態ですわ！

「ルイーゼ、君の口から聞きたい」

もうこの態度で察してくださいませ！　と思うけれども、やはり許してくれないらしい。

それどころかどんどん追《お》い詰められている。

しかし、このままシルヴィール様に自覚したばかりの想いを告げてしまってもいいのだろうか。

私には誰にも言ったことのない秘密がある。

シルヴィール様にそれを告げないまま、想いを通わせてしまっていいのだろうか。

駄目《だめ》ですわ。それは、シルヴィール様に対して不誠実になってしまう。

真実を告げないと——。

ドクドクと心臓が音を立てる。緊張《きんちょう》で喉《のど》が渇《かわ》き、指先が冷たくなっていくのがわかった。

「シルヴィール様、私、シルヴィール様にも誰にも告げていない秘密があるのです。それを……言わないと、自分の想いは……言えません」

「秘密……？」

「はい……」

「……私に教えてくれるのかい？」

シルヴィール様の言葉に私は恐る恐る頷いた。

「本当は、ずっと言わなきゃってわかっていたのですが、怖くて……誰にも言えなかった……」

「ルイーゼ……？」

指先が震える。真実を告げたら、私はどうなるんだろう。

シルヴィール様の婚約者ではいられないかもしれない。

もう、好きだと、心を許してもらえなくなるかもしれない……。

「無理して言わなくてもいいよ。顔が真っ青だ」

「いいえ、シルヴィール様に、聞いてほしいです」

ゆっくりと深呼吸を繰り返す。

「私は……『悪役令嬢』で『破滅』するんです」

「…………え？」

勇気を振り絞って告げた、私の最大の秘密にシルヴィール様はポカンとした表情をしている。こんな表情のシルヴィール様は初めて見た。

「えっと、それがルイーゼの秘密？　……ごめんね、ちょっと理解が追い付かなくて。もう少し……詳《くわ》しく教えてくれる?」

「そ、その、私はずっと秘密にしていました。自分の頭の上に浮かぶ文字を。その文字は……『悪役令嬢(破滅する)』というもので……」

シルヴィール様は何も言わず、私の言葉を一つ一つゆっくりと聞いてくれた。

「本当はずっと前から、王子妃には相応しくないし、シルヴィール様のために婚約もお断りした方が良いと思っていたのです。でも、約束したから、努力を続けてきて……それでも結局文字はいまだに変えられていなくって……。ずっとそのことを隠してきた自分は、王家を騙《だま》してきたようなものです。こんな私は相応しくないと……」

言ってしまった。このまま婚約も破棄されてしまうかもしれない――。

そう思うとじわりと涙が滲んだ。

「『破滅』……、それがレインデス嬢に言っていた必死に君が努力して変えようとした未来か……」

ボソリとシルヴィール様が何かを呟いた。

「え……?」

「心細かっただろう、誰にも言えずに。そのような文字が頭の上に浮かんでいたら怖くて仕方なかったはずだ。一人で心細い思いをさせてしまって、本当にすまなかった」

「ふぇっ⁉」

何故か、シルヴィール様が反省していらっしゃる。

「ルイーゼ、これからは君の頭の上の文字を、一緒に背負わせてほしい」

「え……だって、私、『悪役令嬢』ですよ。『破滅』するかもしれないのにっ、シルヴィール様の傍にいて……いいの……？」

つい敬語が抜けた私を、シルヴィール様は優しい目で覗き込んだ。

「……文字が変わっていないのは私もなのだろう？　だったら、約束は続行だ。この運命のままでも私の気持ちは変わらない。それに、きっといつかお互いに文字が変わると信じて、今後も努力するのは変わりない。ただそれだけだろう？」

私が言わなくても、シルヴィール様は自身の文字が変わっていないことに気付いていた。それでも諦めずに、共に努力していこうと、もう一度私と約束してくれた。

物心ついた時から……ずっと、この頭の上の文字を隠して生きてきた。露見《ろけん》したらきっと破滅の道を辿るのだと、恐ろしくてたまらなかった。まさか、シルヴィール様が、一切《いっさい》迷うことなく、この手を取ってくれるとは思ってもみなかったのだ。

「シルヴィール様……」

「君が『悪役令嬢』でも、『破滅』しようとも、ルイーゼ、君が好きだ」

胸につかえていた最後の枷《かせ》がすっと消えた気がして、ポロリと涙が零れ落ちた。

その雫《しずく》をシルヴィール様が指で拭い取ってくれ、そのまま目尻《めじり》に口付けられる。

「ひゃっ⁉」

「君の気持ちも聞きたい。お願い、聞かせて――」

色気を垂れ流して囁くシルヴィール様に私の呼吸は止まりそうになった。

真っ赤になって何も言えない私に止《とど》めを刺すかのようにシルヴィール様の整った顔が近付く。

「君が何も言わないのなら、このまま――」

「シルヴィール様っ、わ、わかりました、ちゃんと、言いますからっ！」

少しずつ距離を縮められ、もう私とシルヴィール様との距離はゼロに近い。

額が、唇が、触《ふ》れそうなくらい、近い――。

自覚したばかりの、この気持ちを言葉にしないと、逃がしてくれそうもない。

ゆっくりと息を吸いこみ、覚悟を決める。

「シルヴィール様、その、私は、シルヴィール様のことが」

「うん」

吐息《といき》がかかりそうなくらい近い。

バクバクする心臓が口から飛び出してしまいそうだった。

「す、す……」

「うん」

「好き……ですわ」

　そう蚊《か》の鳴くような小さな声で告げると、目の前のシルヴィール様は蕩けるような表情で微笑んだ。そして、間髪《かんはつ》容《い》れずに、唇に温かな感触《かんしょく》がした――。

　え？

　待って、待ってください、これって、あれですの⁉

　目を見開いて吃驚していると、ゆっくりとシルヴィール様の顔が離れていく。

「嬉しい、ルイーゼ。私も君が好きだよ」

「ふぇ、ふぇえええええええええ――――」

　未《いま》だ嘗《かつ》てないほど素っ頓《とん》きょうな声を上げてしまった。

　だって、だって、仕方がないと思う。

　シルヴィール様と、初めての、その、あの、口付けを、交《か》わしてしまったのだから！

　さすが変態の一味、『ちょろい』がついた王子様ですわっ！

　なんて思っていると、シルヴィール様はニッコリと微笑む。

「もう手加減しないから、ルイーゼ」

　捕食者《ほしょくしゃ》のような笑《え》みでそう言ったシルヴィール様の頭の上の文字が目に入った。

「ああっ！　シ、シルヴィール様の頭の上の文字が……変わっていきますわ！」

「本当？　『攻略対象』も『ちょろい』も変わったってこと？」

「は、はい！　『第二王子（腹黒い）』に‼」

そう言ってしまってから、まずいと口を閉じた。

……腹黒いってなんですの⁉

「……へぇ、そう」

は、腹黒王子様が誕生してしまいましたわ――っ‼

あわあわしていると、シルヴィール様に抱き寄せられた。

「勝負は私の勝ちだね。……だから大丈夫、ルイーゼの文字もきっと変わる」

そう言われ、幼い頃の記憶《きおく》が蘇ってくる。シルヴィール様と初めて会ったあの日――

『王子である私が、ちょろいだの誰かに騙されるなど有り得ない。そんな運命はどうしても許せない。だから私は自分の文字を変えてみせるよ。そうしたら、君も変えられるかもっていう希望が持てるでしょ？』

――頭の上の文字を変えてみせると言ったシルヴィール様。

有言実行ですわね、流石ですわ。

なんて頭の片隅《かたすみ》で思ったと同時に、もう一度唇が重なり合った。

知らないうちに……私はシルヴィール様に捕らえられてしまっていたみたいだ――。

『第二王子（腹黒い）』

エピローグ

レインデス子爵《ししゃく》家の拉致《らち》・監禁《かんきん》事件の後、なんと驚《おどろ》くことに物心ついた時から頭の上に浮《う》かんでいた文字は次々と変わり始めていた。

お父様は『ジュノバン伯爵《はくしゃく》（肥満）』、お母様は『ジュノバン伯爵夫人《ふじん》（新たな恋《こい》に目覚める）』と変わっていた。え……、お父様はただの悪口だし、お母様……、少し心配ですわ。

変態一味の象徴《しょうちょう》だった、『攻略《こうりゃく》対象』の文字はなくなり、ダルク様は『騎士《きし》団長の息子《むすこ》（猫耳《ねこみみ》に弱い）』、ルシフォル様は『宰相《さいしょう》の息子（変態）』、ジョルゼ様は『公爵《こうしゃく》家嫡男《ちゃくなん》（蜂蜜《はちみつ》大好き）』と頭の上に浮かぶ文字が変化していた。

まあ、『攻略対象』の文字が抜《ぬ》けても変態なことに変わりはなさそうですわね。

一番喜ばしいのは、ルナリア様が『モブ』に変わっていたことですわ！

素晴《すば》らしいわ！　悪役令嬢《れいじょう》の呪縛《じゅばく》から解き放たれ、『問題を起こさない優良物件』になったのね！

ジュリア様の一件で、今まで仲良く過ごしてきたルナリア様はそれはそれは憔悴《しょうすい》されていた。

「ジュリア様の一番近くにいたのに、上腕《じょうわん》二頭筋の発達にしか目がいかなくって、情けないですわ」

そう言って涙《なみだ》を零《こぼ》すルナリア様に、私はそっとハンカチを差し出した。ジュリア様の上腕二頭筋は素敵《すてき》でしたもの、仕方ありませんわ。

「ジュリア様と私は、貴族令嬢としては少しふくよかだったでしょう？　それで幼い頃《ころ》からよくいじめられていたんです。でも食べるのが大好きだったので、全然痩《や》せなくて。開き直って、『ふくよか同盟』を組んで、仲良くしていたのですわ。メルディス様式鍛錬法《たんれんほう》で身体《からだ》が引《ひ》き締《し》まって、私達の人生が少し豊かになった気がしましたの。だから、誘《さそ》ってくださったルイーゼ様には感謝の気持ちしかありませんでしたのに……あんなことになって……残念ですわ」

「ルナリア様……」

ふくよか同盟って何？　と思わないこともありませんが、お二人は心から信頼《しんらい》し合っていたとわかり、切なくなった。

「私、負《ま》けず嫌《ぎら》いで言い方が少しきつくなることがあって、貴族の友人には遠巻きにされることが多かったのです。でも、何も言わずにずっと一緒《いっしょ》に過ごしてくれたジュリア様には、本当に支えられていました。一番傍《そば》にいたのに、友人として罪を犯《おか》す前に正せなく……悔《くや》しいですわ」

ルナリア様はぎゅっと唇《くちびる》を噛《か》み締めていた。一番近くにいたからこそ、悔しい気持ちはよくわかった。

でも、恐《おそ》らくジュリア様がルナリア様に何も相談しなかったのは――

「ジュリア様はルナリア様を巻き込みたくなかったのですわ。今回の事件については聞いていなかったのでしょう?」

「ええ、ジュリア様からは全く……」

「自分の罪に巻き込まないように、大切な友人だからこそ何も言わなかったのですわ」

ジュリア様のルナリア様への思いを考えると、胸が締め付けられた。ルナリア様側としては相談してほしかったのだろうけど。

「友人だと……そう思ってくれていたのですね。相談も何もしてくれなかったから、友人ではないと思われていたと悲しく思っていたのです。全く……わかりにくいですわ」

「そうですわね……」

「ジュリア様が罪人になろうと……私は友人として、これからも、ジュリア様を支えますわ」

涙しながら決心したように微笑《ほほえ》むルナリア様はとても素敵なヒラメ筋をお持ちだった。

それからルナリア様は、足しげくジュリア様のいる牢獄《ろうごく》へ足を運んでは、ダルク様式鍛錬方法を伝えたり、差し入れを渡《わた》したりしているともお聞きした。

ジュリア様を支えてくださる人は沢山《たくさん》いる。だから、きっと彼女は立ち直れるはずだ。

今日もジュリア様のところへ行くと言って去っていったルナリア様を見送りながら、私は清々《すがすが》しい気持ちになっていた。


「謹慎《きんしん》って暇《ひま》よねぇ……」

暴漢を自身に差し向けようとして、結果的にジュリア様の策略に嵌《は》まってしまったピクセルは、一カ月の謹慎処分となった。今回の事件で神殿《しんでん》もレインデス家との癒着《ゆちゃく》で摘発《てきはつ》され、聖女云々《うんぬん》は一旦《いったん》白紙になったらしい。ピクセルの『癒《いや》しの力』も発現したばかりで安定しないため、学園で力のコントロールを学ぶようだ。

暇そうに男爵《だんしゃく》家でゴロゴロとしているピクセルの頭の上に浮かぶ文字は――

『主人公だった人（凡人《ぼんじん》）』に変わっていた。

…………。

なんとなく可哀想《かわいそう》な意味な気がしますが、深く考えるのはよしておきましょう。

あの事件後、ピクセルは『変態物語』について語ることも、変態行為《こうい》に突《つ》っ走《ぱし》ることもなく、平和な日常を過ごしているようだ。

差し入れた王都で人気のお菓子《かし》を口に入れながら、ピクセルは思いついたように私に言い放った。

「っていうか、私のことは放置でよろしくねっ！　あの王子に目を付けられたら死期が早まりそうだから！」

また意味不明なことを言って、放置される遊びを継続《けいぞく》されているようです。彼女の『変態物語』は、やはり続いているみたいですが、それもピクセルらしくていいと思いますわ。

まあ、暴走しないかが心配なところですが。

ええ、善行令嬢ですもの。これからもお付き合いしますわ。友人として！

「絶対わかってないでしょう……！　もう巻き込まないでよ⁉　私は平凡《へいぼん》に過ごしたいんだから！　放置よ、わかった？」

「はいはい。放置いたしますわね」

生温かい目で見守る私に、ピクセルは何故《なぜ》だか遠い目をしていますが、どうしてでしょうか？

「私はジル様とさくらを見るまでは、絶対に平穏《へいおん》に暮らすんだからーっ！」

「そうですわね、ふふふ」

恋する乙女《おとめ》のような瞳《ひとみ》をするピクセルについ怪《あや》しげな笑いを零してしまう。

『モブ』の中の『モブ』である優良物件、ジル・アーノルド様ならば、ピクセルのお相手として賛成ですわ！

「だから、絶対に、絶対に私を巻き込まないでちょうだいねっ！　ジル様だけは平穏に攻略してハッピーエンドを迎《むか》えるんだから！」

またよくわからない『変態物語』について熱く語り出したピクセルをお望み通り放置して、私はそっと部屋を出るのだった。

『鍛錬部』では、ダルク様式鍛錬法を求めて日々ややふくよかな女生徒が鍛錬に通われるようになった。ダルク様も暇があれば顔を出してくれ、的確な指示を出してくれるので大人気となりつつある。

「ルイーゼ嬢《じょう》は、あのマーズレン隊長に師事しているって本当か!?」

「タニアですか？　はい、共に毎日鍛錬しておりますわ」

「……伝説の女騎士隊長と毎日鍛錬……。強いわけだな……」

なんてダルク様の言葉で、私の護衛騎士のタニアが物凄《ものすご》い人だと発覚してしまった。

シルヴィール様ったら、そんな凄腕《すごうで》の騎士様を送り込まないでくださいませ！　と思ったが、タニアが色々な護身術を教えてくれたお陰《かげ》で九死に一生を得たこともあるので、感謝の気持ちでいっぱいだ。『女騎士（こむら返りに悩《なや》む）』を頭の上に浮かべたタニアとの鍛錬はこれからも続きそうである。

ルークは王家の隠密《おんみつ》としてシルヴィール様に仕えている。

たまにフルーツパイを差し入れてお茶をしている内に、『公爵家嫡男（蜂蜜大好き）』を浮かべた蜂蜜愛好家のジョルゼ様もお茶会に交ざるようになり、二人は意気投合したらしい。ジョルゼ様とルークは良き茶飲み友達のようで、今日も蜂蜜パーティーにルークはフルーツパイ持参で参加している。

ルークの頭の上には『王家の影《かげ》（フルーツパイが大好き）』が浮かんでいる。

「やっぱりフルーツパイと蜂蜜の相性《あいしょう》は最高っすね！」

「うむ。互《たが》いに良いところが出ているな」

通じ合うものがあるようですわね。私も二人に交ざってお茶を飲んでいると、ふいにルークと目が合った。

「どうかしましたの？」

「いや、あの王子様はここで俺らとお茶してるの知ってるんですかねーと思いまして。知らなかったら……面倒《めんどう》くさそうで」

「ええ!?　何故ですの？」

むしろシルヴィール様の甘々攻撃《こうげき》から逃《に》げるために、こっそり逃げ出して参加してますのに！

「あの王子様の執着《しゅうちゃく》はやばいっすよー。だって、伯爵家に雇《やと》われかけたところを王家の影に採用を決めたのは王子様ですからねー」

「えぇっ⁉」

シルヴィール様の暗躍《あんやく》でしたの⁉

「あなたに仕える従者に『男』は要《い》らないんですってー」

そうぶっちゃけられ、私は飲みかけていたお茶を吹《ふ》き出しそうになった。

「愛されてますね！」

「えぇっ！　し、知りませんわっ！」

ルークが王家に仕えた理由がシルヴィール様の独占欲《どくせんよく》とわかり、私は狼狽《うろた》えてしまった。

あんなに前から彼は私を想《おも》ってくれていたのだろうか？

そういえば、以前、魔術《まじゅつ》にかけられていた際にも、実はシルヴィール様は精神操作などの魔術にはかかりにくく、甘々な言葉を言うだけの不完全な形になってしまっただろうと王宮魔法師さんは言っていたけれども……一連の事件の後、気になって聞いてみたら、

『ああ、あの時はわざと魔術にかかったんだ。堂々と本心をルイーゼに言える機会もなかったったし、ちょうどいいやと思ってね。動揺《どうよう》する君も可愛《かわい》かったな』

とあっけらかんと言われたことを思い出した。

なんという腹黒王子なのだろう……。

「噂《うわさ》をすれば、シルヴィールが来たようだ」

優雅《ゆうが》に蜂蜜入りのお茶をすするジョルゼ様がそう呟《つぶや》く。視線の先には黒い笑《え》みを浮かべたシルヴィール様がいた。

「ま、まずいですわっ！　逃げます！」

お茶会の席から退席し、逃げ出す私の背中を見ながら、

「ま、無理だろうな」

「ですよねー」

と二人が言っていた。

「ルイーゼ様、何処《どこ》に行かれるのですか？」

淑女《しゅくじょ》に見える範囲《はんい》で早歩きでシルヴィール様から逃げている途中《とちゅう》、ルシフォル様と鉢《はち》合《あ》わせた。

「ちょっとそこまでお散歩ですわ。ルシフォル様は何を……」

「要らない本を纏《まと》めていまして」

そう言って、本を束ねる縄が、異様な巻かれ方をしていて、私は察した。

触《ふ》れてはいけないと！

「で、では失礼いたしますわ」

そそくさとルシフォル様に挨拶《あいさつ》して離《はな》れると、シルヴィール様の姿が視界の隅《すみ》に映り込む。私は急いで庭園に入り込んだ。

「ルイーゼ、ここにいたのかい？」

「シっ……シルヴィール様！」

茂《しげ》みに隠《かく》れていたのに、あっさりと見つかってしまった。

ああ、神様……どうしてでしょう。

どうして私は、今……シルヴィール様のお膝《ひざ》の上に座っているのでしょう。

簡単に捕獲《ほかく》され、シルヴィール様のお膝の上で身悶《みもだ》える私を、シルヴィール様は満足気に抱《だ》き寄せる。

「目を離すと、君は危なっかしいからね。ここなら安心だね」

そう言って蕩《とろ》けるような笑顔で微笑む彼は、以前のシルヴィール様とは別人のようだ。

誰《だれ》も特別扱《とくべつあつか》いしないと、皆《みんな》に平等だと言っていた彼は何処へ行ったのでしょうか！

「シルヴィール様、これでは皆に示しがつきませんわ」

「どうして？　婚約者《こんやくしゃ》同士仲睦《なかむつ》まじい方が国も安泰《あんたい》だろう？　それに先の一件で怪しい動きをする暗殺者達も一掃《いっそう》できたから、危険もないしね。君と何の気兼《きが》ねもなくこうして過ごせるはずだよ」

キラキラした笑顔で正論のように言うシルヴィール様に、私は反論できずにじっと抗議《こうぎ》の視線を送るしかできなかった。

「上目遣《うわめづか》いでおねだりなんて、どこで覚えたのかな？」

「ええっ⁉」

ちゅっと唇が重なって、私の顔は真っ赤に染まった。

おおおおお、おねだりなんてしていませんわ！

誰もいない裏庭でも、何処で誰が見ているかわかりませんのに！

「お、お外では禁止ですわ！」

「見せつけたいんだよ、君は私の婚約者だって」

所構わず私を甘やかすシルヴィール様に、私はこのままドキドキしすぎて心臓が止まってしまうかもしれません。

不整脈と呼吸困難と発汗《はっかん》……。

異常事態です！

「好きだよ。ルイーゼ。私の思いを理解してもらえるよう、何回でも伝えるからね」

そう言って、シルヴィール様は耳元で愛を囁《ささや》く。

「じゅ、十分すぎるほど伝わってますわ」

「そうかな？　まだまだ伝えきれていない気がするけど」

これが序の口ならば、私はどうなってしまうのでしょうか……。

身の危険しか感じませんわっ！

「お願いします、私の心臓がドキドキして止まってしまいますわ」

「それは……気を付けないとね」

必死に手加減してほしいと嘆願《たんがん》し、シルヴィール様は納得《なっとく》したように頷《うなず》いてくれた。

「心臓が止まらないように、沢山ドキドキに慣れようね？」

しかし……、どんどん追《お》い詰《つ》められていっているのは、気のせいでしょうか——？

ふっと諦《あきら》めたように遠い目をする私の頭の上には……

『第二王子の婚約者（不憫《ふびん》）』

という文字が、新たに浮かんでいたのだった——。

そう、シルヴィール様と心が通じ合った後、私の頭の上の文字も変化したのだっ！

物心ついた時からずっとずっと悲願だった脱《だつ》『悪役令嬢』、脱『破滅《はめつ》』が叶《かな》い、小躍《こおど》りしたいところなのに心からは喜べなかった。

せっかく『悪役令嬢（破滅する）』の文字が変わったと思っていたのに！

何故もっと幸薄《さちうす》そうな文字に変わってしまったのでしょうか！

私が恨《うら》めしそうに頭の上に浮かぶ文字を見上げていると、頭の上の文字が変化したことを知っているシルヴィール様はクスリと笑った。

「『悪役令嬢』も『破滅』も回避《かいひ》できたのなら、後は私に愛されるだけだと思わない？」

『第二王子（腹黒い）』を頭の上に浮かべたシルヴィール様がニッコリと微笑む。

そしてゆっくりと唇が重なり合った。

今更《いまさら》ながらとんでもない王子に捕《つか》まってしまったのではないだろうか。

色々な意味で不憫な未来しか待っていないような気がしてならない。

おかしい、おかしいですわっ！

本来ならば『善行令嬢（素敵な未来）』みたいな変化になるはずでしたのにっ！

「好きだよ、ルイーゼ」

甘い、甘すぎますわっ！

「早く君を全部私のものにしてしまいたい」

「ひえぇえっ！　な、何なんですの――っ！」

私の叫《さけ》びは虚《むな》しく消えていくのでした――。

END

あとがき

はじめまして。ひとまるです。

このたびは「私の上に浮《う》かぶ『悪役令嬢《れいじょう》（破滅《はめつ》する）』って何でしょうか？」をお手に取っていただき、誠《まこと》にありがとうございました。


本作はWEBにて掲載《けいさい》している作品を加筆・修正したものになります。

当初は読み切りとしてスタートさせた作品が、読者様のお声をいただきまして、番外編を書き、連載《れんさい》となった経緯《けいい》があります。書籍《しょせき》化のお話をいただいた時には、「え、夢かな？」と信じられない気持ちでした。

しかも、WEB版ではギャグ一〇〇％のノリと勢いだけで書いた作品を、担当編集様の丁寧《ていねい》にルイーゼとシルヴィールの恋愛《れんあい》模様を描《えが》きたいとの鶴《つる》の一声で、WEB版の一～二章を加筆・修正していくことになりました。

ということは……大幅《おおはば》な加筆が必要となるわけで……。

書籍版の半分以上は加筆となっています!!

頑張《がんば》りました。ええ、本当に。執筆《しっぴつ》中は本気でルイーゼと共に鍛錬《たんれん》してるんじゃなかろうかと錯覚《さっかく》するほどでした。

削《けず》られていく渾身《こんしん》のギャグたちに、担当編集様から「ギャグではなくラブコメの範囲《はんい》で抑《おさ》えてください」と言われた衝撃《しょうげき》は今でも忘れられません（笑）。

そんなこんなで、涙《なみだ》あり、笑いあり、ドキドキとドタバタなラブコメディが出来上がりました!! 一番苦労されたのは担当編集様ですね！ 作者は案外楽しんで色々とぶっこんでしまいました。その駆《か》け引《ひ》き具合も楽しんでいただければ幸いです。

最後になりますが、こうして奇跡《きせき》のような経過を辿《たど》り、一冊の本になった本作を作り上げるにあたって、関わってくださった方々にこの場をお借りして御礼申《おんれいもう》し上《あ》げたいと思います。

まずは、WEB版を応援《おうえん》してくださった読者様。温かな応援のお陰《かげ》で読み切りだったお話から連載へ、そして書籍化まで辿り着けました。本当にありがとうございました。

そして、数ある作品の中から、見出《みいだ》してくださり、優《やさ》しく、時に厳しく愛あるツッコミを入れてくださった担当編集様、出版に関わってくださった全ての関係者の皆様《みなさま》、美麗《びれい》で昇天《しょうてん》しそうなくらい素敵《すてき》なイラストを描いてくださったマトリ様、厚く御礼申し上げます。

また、私生活で支えてくれた家族や、理解ある職場の方々にも、心から感謝申し上げます。

それでは、ここまでお付き合いいただきありがとうございました。

「将来の夢はなんですか？」と言われた小学生の頃《ころ》。元気いっぱいに、

「本屋さんに自分の本が置かれること！」

と目を輝《かがや》かせて言った自分に、夢が叶《かな》ったよ！　と言ってあげたいです。

この本を手に取ってくださった全ての皆様に感謝の気持ちでいっぱいです。

またどうかお会いできますように。

ひとまる

■ご意見、ご感想をお寄せください。
《ファンレターの宛先》
〒102-8177 東京都千代田区富士見 2-13-3
株式会社KADOKAWA ビーズログ文庫編集部
ひとまる 先生・マトリ 先生

ビーズログ文庫

●お問い合わせ
https://www.kadokawa.co.jp/（「お問い合わせ」へお進みください）
※内容によっては、お答えできない場合があります。
※サポートは日本国内のみとさせていただきます。
※Japanese text only

私《わたし》の上《うえ》に浮《う》かぶ『悪役令嬢《あくやくれいじょう》（破滅《はめつ》する）』って何《なん》でしょうか？

ひとまる

2022年12月15日 初版発行

発行者　山下直久
発行　株式会社 KADOKAWA
〒102-8177 東京都千代田区富士見 2-13-3
（ナビダイヤル）0570-002-301
デザイン　みぞぐちまいこ（cob design）
印刷所　凸版印刷株式会社
製本所　凸版印刷株式会社

ISBN978-4-04-737297-9 C0193

定価はカバーに表示してあります。

◇◇◇